LAS PA~~
DE ARGEL

LAS PANTERAS DE ARGEL

EMILIO SALGARI

PLAZA EDITORIAL

Título: Las panteras de Argel
Autor: Emilio Salgari
Editorial: Plaza Editorial, Inc.
email: plazaeditorial@email.com

© Plaza Editorial, Inc, 2013

ISBN-13: 978-1490396217
ISBN-10: 1490396217

www.plazaeditorial.com
Made in USA, 2013

ÍNDICE

CAPÍTULO I. Una falúa misteriosa 7
CAPÍTULO II. Zuleik 17
CAPÍTULO III. La traición del moro 31
CAPÍTULO IV. El asalto de los berberiscos 42
CAPÍTULO V. La mina 51
CAPÍTULO VI. La persecución 65
CAPÍTULO VII. Un combate homérico 77
CAPÍTULO VIII. Los fregatarios 88
CAPÍTULO IX. La costa argelina 99
CAPÍTULO X. Las panteras de Argel 110
CAPÍTULO XI. Los derviches girantes 122
CAPÍTULO XII. Ataque nocturno 131
CAPÍTULO XIII. Misteriosa desaparición del renegado .. 141
CAPÍTULO XIV. Las indagaciones del mirab 151
CAPÍTULO XV. Los dos rivales frente a frente ... 159
CAPÍTULO XVI. La caza del barón 168
CAPÍTULO XVII. Los misterios del palacio de Ben-Abend .. 175
CAPÍTULO XVIII. Una lucha de titanes 183
CAPÍTULO XIX. La princesa mora 195

CAPÍTULO I. Una falúa misteriosa

Era una noche espléndida, una de esas noches dulces y serenas que con frecuencia pueden admirarse en las costas italianas, donde el firmamento tiene una transparencia que supera a la del cielo de las regiones tropicales, y que tanta admiración produce en los navegantes que recorren el Atlántico y el Océano Indico.

La luna se reflejaba vagamente, titilando sus reflejos plateados sobre la plácida superficie del mar Tirreno, y las estrellas más próximas al horizonte parecían dejar caer sobre el mar largos rayos de oro fundido. Una fresca brisa, impregnada del perfume de los naranjos, todavía en flor, soplaba a intervalos por la costa de Cerdeña, cuyas ásperas montañas se dibujaban claramente sobre el cielo, proyectando la sombra gigantesca de sus cimas.

Una chalupa de forma esbelta y elegante, con la borda incrustada de ricos dorados y la proa adornada con un escudo también dorado, donde lucían una corona de barón con tres manoplas de hierro y un león rampante, se deslizaba sobre las aguas bajo el poderoso impulso de doce remos manejados por vigorosos brazos. La embarcación se recataba a la sombra de la costa, como si deseara ocultarse de los barcos que pudieran venir del sur, en cuya dirección proyectaba la luna sus haces de rayos plateados.

Doce hombres, vigorosos todos, con el rostro bronceado, el pecho resguardado por corazas de acero sobre las cuales se veía pintada en negro una cruz, y la cabeza cubierta con cascos brillantes, bogaban afanosamente. Delante de ellos se veían picas, alabardas, mandobles, mazas de acero y también aquellos pesados mosquetes que hasta fin del siglo XVI hacían sudar a los más robustos combatientes que tenían que servirse de ellos.

A popa, sentado en un rico cojín de damasco semicubierto por un espléndido tapiz de terciopelo rojo rameado de oro, cuyos flecos rozaban las aguas, se encontraba un arrogante mancebo de apenas veinte años, que llevaba una coraza con incrustaciones de oro, cruzada por una faja de seda azul. Cubría su cabeza un yelmo sin visera que resplandecía como si fuese de plata, coronado por tres plumas blancas de avestruz.

Calzaba botas altas acampanadas, de piel roja, con borlas plateadas, que apenas dejaban ver los calzones, de terciopelo carmesí. De su cintura pendía una larga espada, encerrada en una vaina bruñida y llena de arabescos, y un par de pistolas con larguísimos cañones. Era un joven hermoso, de facciones finas y aristocráticas, casi femeniles, ojos azules, labios rojos que hubiese envidiado una muchacha, y todavía sin sombra de vello. Largos cabellos de color rubio dorado asomaban bajo el yelmo y caían en ondas sobre la espalda. También su estatura era elegantísima; alto, erguido, fornido, tenía musculatura robusta.

A su lado y sentado sobre el primer banco, se encontraba un extraño individuo, redondo como una bola, quince años más viejo que el caballero, pero mucho más pequeño que él, con cara de luna llena iluminada por dos ojillos de color de acero; tenía larga barba erizada y bermeja y una nariz de color encendido, que descubría en sus reflejos un verdadero sacerdote de Baco.

Lo mismo que el resto de los tripulantes, llevaba una amplia coraza atravesada de alto a bajo por una enorme cruz, y sobre la cabeza una especie de morrión de acero adornado con un penacho de plumas. Su largo cinturón de cuero sostenía un verdadero arsenal: un espadón, dos puñales, dos pistolas y una maza de hierro de las que se usaban un siglo antes, y de un peso extraordinario. Si hubiera podido encontrar una culebrina, no habría vacilado en echársela al hombro.

La chalupa se había alejado de las costas de Cerdeña y se encaminaba hacia alta mar, en dirección de una islita que se veía claramente por el suroeste cuando el joven de la coraza dorada, desarbolando la bandera suspendida en el asta de proa, sobre la cual se vislumbraban los colores de los caballeros de Malta, dijo al hombre gordo:

—Dentro de media hora estaremos en San Pedro.

—¿Se habrán juntado ya esos perros de Mahoma, señor barón? —replicó el hombrecillo, dando un suspiro.

—¿Te inquietarías por eso tú, Cabeza de Hierro? —preguntó el joven, con tono un poco irónico y sonriendo ligeramente.

—¿Yo, señor barón? ¡Me los comería a todos de dos bocados! ¡Ya verán ellos la resistencia de los brazos de Cabeza de Hierro! ¡Yo no tengo miedo a los berberiscos!

—Te he oído suspirar...

—Es una antigua costumbre, señor barón. Pero ¿qué significa eso? ¿Tener miedo un catalán a los argelinos? Mi padre ha dado muerte a mil de ellos, por lo menos, y mi tío...

—¿A diez mil, acaso? —dijo el joven, riendo.

—Pocos menos habrán sido.

—¿Y el sobrino, Cabeza de Hierro?

—¡Matará otros tantos!

—Entonces, ¿por qué cuando el mes pasado abordamos a aquel corsario tunecino en aguas sicilianas te escondiste en la bodega y tu terrible maza estuvo inactiva? Sin embargo, la jornada de aquel día era de las buenas.

—¡No fue mía la culpa!

—¿De quién entonces?

—De una botella de vino de Chipre que, sin duda por arte diabólica, me privó del ejercicio de las piernas. ¡Alguna brujería de Mahoma!

—¿Una botella sola? ¡Di más bien medio barril de... miedo!

—¿Miedo yo? ¿Miedo un descendiente de la ilustre familia de los Barbosa, que ha derramado su sangre en Tierra Santa y hasta en el Perú? ¿Vos ignoráis, señor barón, que fue un antecesor mío quien hizo prisionero al emperador de los incas, y que otro estuvo a punto de matar a Saladino? De sangre tan valerosa no puede salir un hombre tímido. ¡Ordenad a los argelinos que se apresuren a desembarcar en San Pedro y a asaltar el castillo de doña Ida, y veréis de lo que es capaz Cabeza de Hierro, el catalán!

Esta vez fue el barón quien suspiró, mientras una vaga inquietud se pintaba en su semblante.

—¡No lo quisiera en este momento, Cabeza de Hierro! —dijo con cierta ansiedad—. Si mi galera estuviese dispuesta, también yo mostraría a los argelinos cómo saben combatir los caballeros de Malta, pero antes de veinticuatro horas no podrá reunirse con nosotros.

—¿Y creéis que la noticia sea cierta?

—Me la confirmó un pescador que salió de allí ayer noche.

—¿No sabe nada del castillo?

—Lo ignoro.

—¿A qué irían esos argelinos?

—A robar a la condesa y a demoler el castillo.

—¿Se han visto los buques corsarios? —preguntó Cabeza de Hierro.

—Aquel pescador solo ha descubierto una falúa que vigilaba sospechosamente las aguas de San Pedro. Debe de ser la avanzada de alguna escuadrilla.

—Entonces, ¿qué podrá hacer contra ella la galera del señor barón? —interrogó el catalán, castañeteando los dientes.

—Nuestros hombres no están acostumbrados a contar los enemigos —replicó el barón con voz enérgica—. Caeremos encima de esos ladrones del mar, y ocurra después lo que Dios quiera.

—¡San Isidro nos proteja!

—¡Mejor lo harán nuestras espadas! ¡Silencio! ¡Mira! ¡Es el espía, que vuelve a aparecer! ¡Siniestro pájaro nocturno! ¡Acecha a la condesa de Santafiora con ojos rapaces.

El joven barón se había levantado, intensamente pálido, llevando involuntariamente la diestra al puño de la espada y la siniestra a la culata de las pistolas. En su rostro se leía en aquel momento una extrema ansiedad.

En el horizonte, al sur de la isla de San Pedro, una sutil chalupa, coronada por dos velas latinas, y que debía de tener gran arboladura, se deslizaba rápidamente por el mar, dejando una larga estela argentada.

Un punto luminoso aparecía de cuando en cuando, a intervalos regulares, sobre la proa, apagándose después.

—Debe de ser la falúa observada por el pescador —dijo el barón—. Pero ¿con quién puede cambiar esas señales?

—¿Os referís a aquel punto brillante, señor barón? —respondió Cabeza de Hierro.

—Sí.

—¿No es una hoguera?

—Parece un espejo de metal que refleja los rayos de la luna.

—Acaso la tripulación de la falúa corresponda con alguna galera que se encuentre en alta mar.

—No, hace señales hacia la costa.

—¡Ah! ¡Mira! ¡Responden desde San Pedro!

Una hoguera se había encendido repentinamente sobre la playa. Ardió un momento, y después se apagó, mientras la falúa, cambiando con ligereza el velamen, se alejaba rápidamente hacia la isla de San Antonio, cuya masa se divisaba confusamente hacia el Sur.

—¿Qué os parece todo esto, señor? —preguntó el catalán, viendo que el barón permanecía silencioso.

—Pues me pregunto quién puede ser la persona que tiene interés en atraer a los corsarios berberiscos hacia la costa de San Pedro —respondió el caballero de Malta con voz sorda—. ¿No sabe acaso ese miserable que donde caen los berberiscos, todo lo arruinan?

—Es imposible que sea algún renegado oculto en San Pedro. En estas islas son todos hombres honrados.

—¿Sabes qué bandera ha visto aquel pescador ondear sobre la falúa?

—No.

—La de Culquelubi.

—¿La del capitán general de las galeras argelinas, de ese tigre feroz? —balbució el catalán—. ¡Ah, señor, siento que me corre un sudor frío por la piel, a pesar de la sangre generosa que corre por mis venas!

El joven barón no había escuchado siquiera la temerosa observación del descendiente de los Barbosa. Toda su atención se había reconcentrado en la falúa, la cual, en aquel momento, aparecía como un punto negro perdido en medio de un mar de plata.

—¿Adónde irá? —se preguntó—. ¿Acaso allá a lo lejos se esconden las galeras de Culquelubi? ¿Por qué no estarán aquí todos los valientes malteses que velan por la seguridad de las islas del Mediterráneo? Génova y Venecia gloriosas, ¿dónde están vuestros navíos? San Marcos y San Jorge, ¿habéis arriado vuestras banderas que hicieron temblar un día a Constantinopla? ¡Yo solo contra todos! ¡Vencer o morir! Pues sea, moriré si es preciso, pero los moros no desembarcarán bajo los muros que defienden a mi prometida!

Al hablar así, las dulces facciones del barón se habían iluminado con fulgores de cólera. Se comprendía que aquel joven, que parecía un niño vestido de guerrero, podía transformarse en un verdadero héroe en el momento oportuno.

—¡La proa hacia San Pedro! —había gritado con voz tonante—. ¡Y maldito sea el traidor que atrae a las islas a las panteras de Argel!

A pesar de sus bravatas, Cabeza de Hierro se había estremecido de terror. El ilustre descendiente de los Barbosa hubiera preferido encontrarse en la bodega de las galeras del caballero de Malta, delante de un barril de vino de Chipre, a estar en aquella chalupa, que corría hacia el peligro.

—¡Si tuviera algunas copas en el cuerpo —murmuraba—, pobres moros, qué carnicería iba a hacer con vosotros! Señor barón —preguntó de pronto— ¿habrá mucha faena allá abajo?

—Nos jugaremos la piel —respondió el caballero.

—¿Es fuerte el castillo de la condesa de Santafiora?

—Si sus bastiones no son muy resistentes, lo serán nuestras espadas.

—La mía, aunque es de Toledo, no resiste las balas de las culebrinas.

—Tu espada está templada en las aguas del Guadalquivir.

—Y las balas de los corsarios, en las del Mediterráneo.

—Pero no en las que bañan las aguas de Malta —respondió el barón.

—¡Pobre señora condesa! ¡En qué terribles combates va a verse envuelta!

—Es hija de guerreros que han derramado su sangre en Tierra Santa.

—¿Sabe que os encontráis en estas aguas?

—Mi aparición no la asombrará. Ya la he prevenido de mi retorno a estos lugares. Si la tempestad no hubiera roto el timón, nuestra galera ya hubiese llegado a la isla. ¡Ah, mira, la falúa reaparece!

—¡Por San Jaime bendito! —exclamó el catalán—. ¿Qué significan esas carreras misteriosas? ¡Acaso pretenden caer sobre nosotros!

—Llegaremos a San Pedro antes —respondió el barón—. Parece que tratan de dirigirse a Antíoco. ¡Ea, muchachos, remad con fuerza si no queréis hacer conocimiento demasiado pronto con esos perros mahometanos! ¡Acordaos que son las panteras de Argel!

Los doce remeros, que ya habían advertido la presencia de los moros, no tenían necesidad de las excitaciones del barón, harto conocían ellos la audacia y la ferocidad de los corsarios berberiscos. Tampoco ignoraban que sus falúas llevaban culebrinas de buen calibre, y no querían exponerse al tiro de aquellas piezas, que los moros manejaban con mucha habilidad.

Pero la isla de San Pedro estaba próxima, mientras que los corsarios argelinos se encontraban alejados de ella cuatro millas por lo menos. Había, pues, el tiempo necesario para desembarcar antes de su llegada.

No obstante, los remeros bogaban furiosamente, haciendo volar la chalupa sobre la superficie de las aguas. El sudor inundaba sus semblantes, pero no por eso amainaban en su faena.

El joven caballero, que llevaba la barra del timón, dirigía la chalupa hacia una pequeña ensenada formada dentro de un promontorio pedregoso. En la extremidad de aquel promontorio se erguía, majestuosamente, una torre redonda y almenada situada a la izquierda de una maciza construcción, que la sombra proyectada por algunos árboles no permitía aún distinguir con claridad.

Sobre la ribera de aquella ensenada era precisamente donde el barón y el catalán habían visto brillar aquella hoguera que parecía una señal convenida con la falúa berberisca.

—¿Ves algo, Cabeza de Hierro? —preguntó el barón.

—Una ventana iluminada, y nada más. La señora condesa vela, sin duda.

—Aun no son más que las diez.

—Entonces, es posible que la servidumbre esté despierta, señor barón. Esta brisa nocturna me ha abierto el apetito de tal modo, que sería capaz de comerme tres moros en cinco minutos.

—¿Quieres cobrar fuerzas para combatir?

El catalán exhaló un suspiro.

—¡He aquí una palabra que me quitará el apetito! —murmuró para sus adentros.

El barón se había incorporado, y sus ojos se fijaron con ansiedad en la ventana iluminada, la cual se destacaba claramente sobre la negra masa del castillo.

—¡Acaso me espera! —dijo.

—Un rápido rubor coloreó su semblante, pero después se puso densamente pálido, y sus ojos inquietos buscaban por todas partes la falúa, que había desaparecido. En aquel momento experimentó un vivo sentimiento de angustia.

—¡Si me la robasen! —murmuró—. ¡Si esos atrevidos piratas hubieran puesto sus ojos sobre mi prometida para hacer un regalo a su jefe o para vendérsela al bey de Argelia! ¡Acaso no ignoren que es la más hermosa criatura de las costas de Cerdeña!

—¡Señor barón! —dijo el catalán, levantándose rápidamente.

—¿Qué quieres?

—¡Vuelve la falúa!

—¿Vuelve sola?

—No veo ningún barco que la acompañe.

—Entonces llegará tarde. ¡Un último esfuerzo, muchachos!

La chalupa había entrado ya en la ensenada, que atravesó velozmente, y fue a embarrancar en la playa arenosa, la cual descendía suavemente hacia el mar.

—¡Atracadla a tierra, empuñad las armas y seguidme! —ordenó el barón—. ¡Los berberiscos no pondrán el pie en las murallas.

CAPÍTULO II. Zuleik

El castillo del conde de Santafiora, del cual sólo quedan hoy insignificantes ruinas cubiertas de maleza y de arena, era en 1630, época en que comienza nuestra verídica historia, una fortaleza todavía sólida, aunque no muy extensa, y defendida por una sola torre.

Construida para impedir las frecuentes incursiones de los piratas berberiscos, los cuales ya habían devastado más de una vez la isla de San Pedro, había sido dada en feudo al conde de Santafiora, caballero de Malta, perteneciente a una nobleza que se había distinguido mucho contra los sarracenos en Sicilia y en las aguas de Túnez y de Argel.

El conde Alberto, primer propietario del castillo, había prestado grandes servicios, protegiendo contra las correrías de aquellos piratas, no sólo a San Pedro, sino también a la vecina isla de Antíoco.

Su hijo Guillermo, apodado Brazo de Hierro, no se había mostrado menos valeroso que su padre, sosteniendo infinitos asaltos y defendiendo con vigor sobrehumano el castillo. Con sus galeras también había desafiado a los más renombrados corsarios tunecinos, llevando su audacia hasta el punto de bombardear los fuertes de Argel, audacia que pagó con la vida, porque asaltado por las naves de Culquelubi, el más famoso capitán que entonces tenía el bey, murió después de un combate sangriento, lleno de gloria, en unión de todos los caballeros de Malta que le acompañaban.

Única heredera del marino glorioso, la condesa Ida de Santafiora, hija de Guillermo, y que a la sazón sólo contaba seis años, permaneció al cuidado de una parienta, pues también su madre había muerto durante un asalto de los berberiscos.

La niña creció entre el estruendo de la artillería, porque los corsarios, hostigados por Culquelubi, el cual soñaba con el dominio de Cerdeña, habían tratado muchas veces de apoderarse de la isla, y sobre todo del castillo.

Pero el valor de los caballeros de Malta, que siempre habían acudido en defensa de la muchacha, hicieron inútiles todas las tentativas de los corsarios africanos.

Entre aquellos valerosos señores, llegados con sus galeras en auxilio de la joven condesa, se encontraba el barón Carlos de Santelmo, un valiente caballero siciliano, creado caballero de Malta cuando apenas contaba veinte años. Las pruebas de valor que había dado en los últimos combates, su varonil hermosura y la nobleza de su sangre, no tardaron en producir en el ánimo de la joven condesa una profunda impresión.

Ambos, huérfanos; ambos, hermosos; ambos, hijos de guerreros que habían derramado su sangre en defensa de las costas del Mediterráneo, bien pronto debían entenderse y compartir con igual intensidad una pasión inextinguible. La felicidad parecía llegar a su colmo, pues Carlos había armado ya su galera para ir a pedir la mano de la condesa, cuando, sorprendido por una tempestad, se vio obligado a buscar un refugio para su nave en el golfo de los Naranjos.

Y no era ésta la única desgracia. Como acabamos de ver, otra más grave le había sorprendido. Por noticias de un pescador supo con espanto que los corsarios berberiscos rondaban la desgraciada isla, para caer sobre ella en el momento menos pensado.

***

En el instante en que la chalupa del barón avistaba de lejos a San Pedro y descubría la falúa corsaria, la condesa de Santafiora estaba en la terraza del castillo, sentada en una amplia poltrona de terciopelo y con los pies apoyados en un cojín de seda carmesí.

Era una espléndida criatura de diecisiete años, de pequeña estatura y delgada como un junco. Un ligero tinte rosado, que hacía pensar en los fulgores del alba, coloreaba su semblante. Sus ojos eran de un color negro intensísimo, cuyo brillo ocultaban a medias largas pestañas.

A pocos pasos de ella, un joven de tez morena, con cabellos negros y rizados y facciones enérgicas, estaba reclinado sobre un tapiz, teniendo sobre las rodillas una cítara de mango muy largo, una tiorba argelina.

Se adivinaba que era un africano, o mejor, un moro berberisco, un hijo de aquella terrible raza llegando hasta el corazón mismo de la propia Francia. Su turbante de seda, su alquicel y sus calzones eran del mejor gusto.

Entre sus manos nerviosas y pequeñas sostenía el instrumento, al cual arrancaba de vez en vez notas dulcísimas. Luego interrumpía su tocata para mirar extasiado a la joven, la cual fijaba los ojos en el mar.

De cuando en cuando, los ojos del moro se encendían con fulgores rápidos y un relámpago salvaje iluminaba sus negras pupilas, mientras sus labios se contraían y mostraban una soberbia dentadura.

Entonces no miraba a la condesa; aquellos ojos negros, que relucían como carbones, se dirigían hacia el mar, deteniéndose sobre la falúa, que se alejaba después de las señales cambiadas, y una siniestra sonrisa, que parecía la mueca de una fiera en acecho que olfatea la sangre de su presa, se dibujaba sobre su hosco semblante.

La condesa de Santafiora no parecía preocuparse del moro. También ella miraba con cierta ansiedad la plateada superficie del mar Tirreno y a la falúa, que proseguía sus misteriosas maniobras.

—Zuleik —dijo de pronto, volviéndose hacia el moro—, ¿a quién crees que pertenezca ese pequeño velero que se muestra hace tres noches sobre nuestra playa y que al alba desaparece? Me intranquiliza su presencia.

—Es una mísera barquichuela —replicó el moro con ironía—. ¿Cómo puede inquietar a la señora? Serán pescadores de Antíoco.

—¿Y si fuesen piratas berberiscos?

—Tenéis cuatro culebrinas en las murallas del castillo y otra sobre la plataforma de la torre. ¿Cómo podría una nave tan pequeña osar acercarse a tiro de cañón?

—Estaría mucho más tranquila si el barón Carlos de Santelmo estuviese aquí con su galera.

Un relámpago más terrible y más salvaje que los anteriores brilló en los ojos del moro.

—¿Le espera la señora? —preguntó, haciendo un esfuerzo para que su voz pareciese tranquila.

—Sí. Su galera ya debe de haber partido de Malta —respondió la condesa, mientras un leve rubor coloreaba sus mejillas—. Le acompañan bravos y valerosos guerreros.

—¡Que exterminan a los de mi raza! —dijo el moro, con los dientes apretados por la ira.

—Los tuyos son los que nos hacen la guerra.

—¡Así lo quiere Mahoma!

—Pues Dios arma el brazo de nuestros guerreros para defenderlos.

El moro se encogió de hombros y volvió a tañer la tiorba.

—Mira allí la falúa —añadió la condesa, que se había levantado, apoyándose sobre la balaustrada de piedra de la terraza—.

Vuelve a virar en redondo, como si tuviera el propósito de retornar a San Pedro.

—Repito que deben de ser pescadores de Antíoco, señora.

—Sin embargo, he visto brillar sobre el puente de la falúa el reflejo de una luz.

—No he visto nada.

—Es que entonces estabas en la playa.

—Cuando nuestros pescadores argelinos van de noche por alta mar, encienden hogueras sobre la proa de su barca para atraer a los peces. Quizá hayáis confundido las hogueras con el reflejo de la luz.

—No, estoy segura de no haberme engañado.

El moro sonrío y continuó tañendo la tiorba y arrancando sonidos de las cuerdas, pero no sonidos dulces, sino ásperos y salvajes, que semejaban un toque de guerra. Parecía como si el músico quisiera imitar los terribles rugidos del simún o los aullidos feroces de los árabes cuando se entregan a sus juegos bélicos.

Parecía también que aquellos sonidos producían en el músico un efecto terrible. En su rostro se dibujaban contracciones feroces, y sus ojos despedían reflejos fosforescentes. Todo su cuerpo se estremecía, y sus labios se abrían, como si de su pecho fuera a salir el terrible grito de guerra que un día hiciera temblar a todos los guerreros de la Europa cristiana.

—¿Qué tocas? —preguntó la joven condesa.

—Una fantasía del desierto —respondió el moro, el cual continuó por algún tiempo aquella fuga de notas estridentes y salvajes.

Pero de pronto surgieron de la tiorba sonidos dulcísimos, melancólicos, como si el moro quisiera imitar el lejano murmullo de las olas y los gemidos de la brisa cuando silba a través de las palmeras del desierto.

De improviso, sus dedos quedaron inmóviles sobre las cuerdas de la tiorba. El moro había inclinado la cabeza sobre su pecho; sus facciones, poco antes alteradas por el odio, habían recobrado su tranquilidad. Al verle, se hubiera dicho que dormía.

—¿En qué piensas, Zuleik? —preguntó la condesa.

—¡Pensaba en mi libertad perdida! —respondió el moro, con voz entrecortada—. ¡Pensaba en mi Argelia, en las risueñas playas de mi país, en las palmeras que dan sombra a las mezquitas, en los corceles galopantes entre nubes de polvo, en los tranquilos aduares de nuestras llanuras! ¡Ah; cuántas noches vuelvo a ver en sueños el marmóreo palacio de mis abuelos, con sus esbeltos pórticos, donde transcurrieron felices y libres los hermosos años de mi juventud; el alminar que proyectaba en el amplio patio su enorme sombra, sobre el cual todas las mañanas y todas las noches el viejo muecín lanzaba al espacio su grito estridente! ¡Pensaba en la fuente de mármol repleta de agua purísima, en cuyo alrededor las mujeres de mi padre se reunían para cantar; en la dulce figura de mi hermana; en la elevada palmera bajo cuyas ramas jugaba yo alegremente o me dormía soñando con empresas guerreras y batallas gloriosas, con armas relucientes y bellos ojos de huríes; en las galeras vigilantes sobre las olas azules del Mediterráneo, desplegados al viento los verdes estandartes del Profeta! ¡Ah! ¡Qué cosas habría realizado yo un día si el maldito cristiano no me hubiera robado de mi país! ¡Dónde han ido a parar todos mis hermosos sueños de gloria y de conquista! ¡Maldito sea mi destino! Estas manos, que estaban destinadas a empuñar la maza y la cimitarra, a blandir la lanza para exterminar a las gentes que no creen en el Profeta, ¿de qué me sirven ahora? ¡Para tocar la tiorba como si fuese una hembra! ¡Malhadado instrumento, vete!

Con rápido ademán, arrojó la tiorba por encima de la balaustrada, estrellándola en los fosos del castillo.

—Zuleik —dijo la condesa, mirándolo con inquietud—, me parece que olvidas que eres mi esclavo.

—¿Acaso al pobre esclavo le está prohibido pensar en su pasado y condolerse de la libertad perdida? —preguntó el moro, con amarga ironía.

—Yo te he prometido la libertad a cambio del rescate de algún esclavo cristiano. Tú sufres, pero más sufren los nuestros que padecen entre las manos del feroz Culquelubi. ¿De qué te lamentas con tanta amargura? Te he tratado siempre como a un hombre libre, mientras que los cristianos se ven torturados cruelmente por tus compatriotas.

—¡Me lamento de no ser libre! ¡Yo no había nacido para ser esclavo! ¡Yo llevo en las venas la sangre de los conquistadores de Granada!

—Y, sin embargo, no has tratado de huir en estos dos años que eres prisionero mío, y tampoco cuando estabas cerca del caballero de Malta que te hizo prisionero.

—El maltés ejercía demasiada vigilancia sobre mí para que hubiera podido sustraerme a ella.

—¿Y por qué no trataste de huir después? Las chalupas del castillo no están vigiladas, y siempre has tenido libertad para andar por la isla.

—¿Creéis que ha sido el miedo lo que me aconsejó no intentar la fuga? —preguntó el moro—. Soy hijo de un marino, y el Mediterráneo nunca ha inspirado temor a Zuleik Ben-Abend.

Calló un momento, y después, pasándose la mano por la frente, replicó con voz dulce:

—¡Si aquella mujer que turba mis sueños no me hubiese encadenado a su voluntad, hace ya mucho tiempo que Zuleik Ben-Abend hubiera atravesado el Tirreno para entrar en Argel.

—¿Una mujer? —exclamó la condesa, mirándole con sorpresa.

—Sí, una mujer hermosa como una hurí del paraíso del Profeta, que constituirá mi felicidad o mi desgracia. ¡Por ella he sofocado los recuerdos de los míos; por ella he preferido permanecer aquí, esclavo, a ser un hombre libre en Argel; por ella no he pensado nunca en la fuga! ¡Esa mujer ha condenado mi alma, pues porque fuese mía maldeciría la religión de mis padres y renegaría del Profeta, que me hizo nacer musulmán!

—¡Tú, un moro! ¿Luego es cristiana esa mujer?

—¡Sí, para infortunio mío!

—¿Dónde vive?

—¡Aquí, en esta isla! ¡Yo respiro el aire que ella respira, y el mismo sol que ilumina sus ojos luce también para mí!

—¿La hija de algún pescador quizá?

El moro hizo un profundo gesto de desdén.

—En mi país mi padre era príncipe, y príncipe he nacido yo también —dijo Zuleik con orgullo—. Los califas de Córdoba y Granada han mezclado su sangre noble y guerrera con la de mis abuelos. En Argel tiene mi familia palacios y caballos, galeras sobre el Mediterráneo, esclavos negros y cristianos y hombres de armas. ¿Cómo hubiera podido haber puesto los ojos en la hija de un mísero pescador? Mañana pueden romperse mis cadenas, y entonces volveré a ser príncipe con más poder que antes.

—En tal caso, esa mujer no vive aquí —dijo la condesa—. En esta isla sólo hay familias pobres. Creo, mi pobre Zuleik, que tu cerebro delira. Anda, ve a llamar a mis doncellas, y retírate a descansar.

—¡Esta noche!... —rugió el moro con acento tan extraño, que la condesa no pudo menos de estremecerse.

—¿Qué quieres decir, Zuleik?

El moro se había mordido los labios, arrepentido de su imprudencia.

—¡Habla, Zuleik! —dijo con voz imperiosa la condesa.

—¡Tenéis razón! ¡Mi cerebro delira! ¡No sé lo que digo!

En aquel mismo instante, hacia la playa, se oyó el sonido de una bocina, y poco después gritaba la escolta de la torre:

—¡A las armas!

La condesa se había levantado precipitadamente, presa de una visible emoción, y se inclinó sobre la balaustrada de la terraza.

—¿Quién puede desembarcar a estas horas? —preguntó—. ¡Mira: he allí la falúa atracada en la playa! ¡Acaso sean tus compatriotas, que intenten sorprendernos!

—¡Son cristianos! —murmuró el moro, en tanto que un relámpago de ira brillaba en sus ojos.

—¿Cómo lo sabes?

Una voz tonante resonó entonces:

—¡Echad el puente al barón de Santelmo!

—¡Él! ¡Mi Carlos! —exclamó la condesa, apoyando las manos sobre el pecho, como si quisiera contener los latidos del corazón.

El moro tomó un aspecto feroz. Un ronco rugido salió de sus labios, a pesar suyo. Cerró los ojos por un momento, y sus manos se agitaron convulsivamente, como si buscasen la empuñadura de un arma.

Pero de pronto se serenó, fijándose en el mar. La falúa avanzaba silenciosamente hacia la isla, y allá sobre el horizonte se veían puntos blancos que iluminaban el resplandor de la luna.

Un relámpago de alegría encendió las pupilas del esclavo.

—¡He allí las panteras! —murmuró—. ¡Acechan el castillo, y tienen sed de sangre cristiana!

El puente había sido echado sobre el foso con ronco estrépito de cadenas, y el jefe de la guardia del castillo, seguido por cuatro escuderos provistos de antorchas, salió al encuentro del barón y sus acompañantes, dándoles la bienvenida en nombre de la castellana.

—¿Cómo a esta hora, señor barón? —preguntó el guardián—. Nadie os aguardaba.

—Me trae un mal viento, mi viejo Antonio —respondió el barón—. Un viento que sopla de la parte de Argel.

—¿Qué decís, señor barón? —preguntó el veterano, palideciendo.

—Manda levantar el puente y dispón que se carguen las culebrinas. Despierta a toda la servidumbre y, si es posible, haz que llamen a todos los pescadores de la isla que sean capaces de llevar armas.

—Pero, ¿qué pasa?

—Los berberiscos están ya a la vista. ¿Dónde se encuentra la condesa?

—Aguarda al señor barón en la sala azul.

—Señor Antonio —dijo el catalán—, no olvidéis que estamos hambrientos y que con las tripas flojas se lucha mal.

—Tendréis todo lo necesario, señor Barbosa —replicó el viejo soldado.

Entretanto, precedido por dos escuderos, el barón había atravesado el patio de honor, y se encaminaba hacia la gran escalera que conducía a las habitaciones superiores.

La condesa de Santafiora, presa de la más viva emoción, lo que daba mayor realce a su hermosura, vestida con una amplia bata de seda roja y con los cabellos recogidos en torno de un pequeño peine de plata en forma de corona, esperaba al joven en el salón azul, iluminado por pesados candelabros de plata.

Zuleik, con las facciones contraídas, estaba en pie detrás de ella en la parte menos iluminada del salón, y no separaba los ojos de la condesa. En aquel momento, el feroz moro parecía un tigre en acecho.

Cuando el barón entró con el yelmo dorado en la diestra y la otra mano apoyada fieramente en el puño de la espada, la condesa no pudo contener una exclamación de alegría.

—¿Vos, Carlos? —exclamó, saliendo a su encuentro—. ¡Qué grata sorpresa! ¡No me engañaba el corazón!

—¿Por qué decís eso, Ida? —preguntó el caballero, besando galantemente la mano de su prometida—. ¿Luego, me esperabais?

—No esta noche, precisamente. Hace ya muchos días que expiaba la aparición de vuestra galera. Nosotras, las mujeres, presentimos siempre la llegada de las personas amadas.

—Por desgracia, no vengo en compañía de mi barco. Una tempestad le arrancó el timón, y tuve que buscar refugio en el golfo. Si no hubiera ocurrido eso, habría llegado antes, y acaso los moros de Argelia no hubieran osado acercarse.

—¡Los moros! —exclamó la condesa.

—Se disponen a caer sobre la isla.

—¿Luego esa falúa que hace tres noches ronda silenciosa como un ave de mal agüero sería...

—La vanguardia de alguna flota.

—¿Quién os lo ha dicho, Carlos?

—Lo he sabido por un pescador.

—Y habéis venido...

—A defenderos o a morir con mi prometida —dijo el barón.

—¿Es decir, que se preparan a asaltar el castillo?

—Eso presumo, pero nada temáis, Ida. Traigo en mi compañía unos cuantos hombres, pocos en número, ciertamente, pero son los más bravos de mi tripulación, y darán mucho que hacer a los moros.

—Bajo vuestro mando...

—Soy hombre de guerra y caballero de Malta; las empresas bélicas son cosas naturales para mí. Pero siento que esos corsarios vengan a turbar estos instantes de felicidad. Anhelaba el momento de volver a veros, Ida, de pasar aquí algunos días dichosos, y he aquí que los piratas del Mediterráneo vienen a proyectar una triste sombra sobre mi alegría. Este castillo, que debía escuchar la música de las fiestas, va a oír, entre los gritos de guerra y el fragor de las culebrinas, los lamentos de los heridos y el estrépito de las armas.

—Pero venceremos, Carlos. Vuestra espada victoriosa volverá a poner en fuga las panteras de Argel.

—¿Cuántos hombres hay en el castillo?

—Una veintena, entre los cuales hay doce hombres de armas.

—¿De manera que con los míos llegamos a treinta y cuatro? —dijo el barón—. Poca cosa es para hacer frente a los berberiscos, que son muchos en número y cuentan con buena artillería.

—Señor —dijo en aquel momento el moro, avanzando—, ¿me permitís un consejo?

—¡Ah; ¿Eres tú, Zuleik? —exclamó el barón—. Ni siquiera había advertido tu presencia. ¿Qué es lo que quieres decir?

—Que en la isla hay más de doscientos pescadores, hombres robustos todos ellos, que han batallado más o menos, y que podrían reforzar la guarnición del castillo.

El barón le miró con estupor.

—¿Y eres tú quien propone eso? ¿Tú, un moro, que debiera ver con júbilo la llegada de sus compatriotas para obtener la libertad?

—Ahora no la deseo —respondió Zuleik.

—Y, sin embargo, hace pocos momentos te lamentabas de tu cautiverio —dijo la condesa.

—Quisiera la libertad, pero no solo.

—¡Ah! ¿La desearías en compañía de la mujer a quien amas?

—El moro hizo un gesto afirmativo, y después continuó:

—Si el señor barón de Santelmo quisiera seguirme a la aldea, podríamos reunir en menos de media hora doscientos combatientes, y acaso más.

—Veamos antes si los corsarios han desembarcado —dijo el caballero.

Y los tres salieron a la terraza del castillo. Sobre los muros inferiores, los marineros de la galera y los hombres de armas se ocupaban en poner en batería dos largas culebrinas, las cuales debían defender la pequeña ensenada e impedir, o por lo menos retardar, el desembarco de los berberiscos.

El barón recorrió con rápida mirada la superficie del mar, y vio a la falúa bordear hacia la extremidad meridional de la isla, a unos trescientos metros de la costa. De pronto, palideció: acababa de descubrir en lontananza muchas velas que avanzaban desde el sur y que se dirigían hacia la isla.

—¡Las galeras de los berberiscos! —exclamó.

—¿Vienen ya? —preguntó la condesa, acercándose instintivamente hacia el barón.

—¡Vedlas, Ida!

—¿Son muchas, Carlos?

—No puedo contarlas, porque navegan juntas y porque todavía están demasiado lejos, pero, indudablemente, son muchas.

La joven miró al caballero. En sus ojos negros se leía un terror inmenso, una angustia inexplicable.

—¡Si nos aprisionasen! —dijo con voz temblorosa—. ¡Oh, Carlos mío!

—Las murallas y los bastiones del castillo son robustos —respondió el barón—. Como hemos vencido otras veces a esos ladrones de los mares, los venceremos ahora.

—Pero entonces luchaban los caballeros de Malta.

—El valor suplirá al número. Además, mi galera no está lejana, y mis gentes, al oír el estruendo de la artillería, vendrán en nuestro auxilio, porque debe de estar recompuesto ya el timón. Zuleik, vamos a buscar a los pescadores y a advertir a sus familias que se embarquen sin perder momento. Todavía llegaremos a tiempo de salvarlos.

—¿Y si la gente de la falúa hubiese desembarcado ya? —preguntó la condesa.

—No bajarán a tierra antes de que lleguen las galeras —dijo Zuleik, mientras una pérfida sonrisa se dibujaba en sus labios—. Estoy a vuestras órdenes, señor barón.

—¿Está bien municionada la sala de armas? —preguntó el caballero.

—Hay en ella municiones para doscientos hombres.

—Pues vamos, Zuleik. Antes de que las galeras lleguen transcurrirá una hora, y ese tiempo nos bastará.

CAPÍTULO III. La traición del moro

Dos minutos después, el joven barón y el moro, montados en fogosos corceles, atravesaban el puente levadizo y se alejaban del castillo, siguiendo la playa de la isla.

Desde lo alto de la terraza, la condesa los había seguido con los ojos, no sin cierta inquietud, temiendo que cualquier pelotón de argelinos hubiera desembarcado sin ser visto y esperaran emboscados por aquellas inmediaciones.

Tampoco iba muy tranquilo el caballero, el cual, para prevenir el primer ataque, llevaba la espada desenvainada, con objeto de rechazar prontamente cualquier agresión.

También el moro, antes de salir del castillo, se había armado de espada y daga y ceñido una coraza de acero no menos resistente y bruñida que la del barón.

Después de dar vuelta al bosquecillo y las rocas que cubrían el flanco izquierdo del castillo, ambos jinetes se dirigían hacia la playa para lanzar una última mirada sobre la superficie de las aguas.

Las galeras se movían hacia la falúa, la cual señalaba su presencia haciendo centellear al fulgor de la luna un espejo de metal que había sido colocado a proa. Aun estaban, sin embargo, bastante lejanas, y avanzaban con lentitud, por ser entonces la brisa ligerísima.

—¡Tendremos tiempo! —dijo el barón.

—Cierto, y más del que necesitamos —respondió el moro.

Entonces, se alejaron de la costa y se pusieron en camino en aquella dirección, uno al lado del otro, dirigiéndose hacia el norte, sobre cuyas colinas estaba construida la aldea de pescadores.

Apenas tenían que recorrer una media legua escasa, de modo que tanto el barón como el moro, dos excelentes jinetes, podían llegar a la aldea en diez minutos.

—¡Al galope! —dijo el caballero, espoleando su caballo.

Habían perdido de vista el castillo, y los dos jinetes se encontraban dentro de un espeso robledal, pues en aquella época, árboles de esta especie cubrían la mayor parte de la isla.

Los dos caballos, por más que el suelo arenoso se prestaba mal a la carrera, devoraban el camino.

Ya habían recorrido la mitad de la distancia que separaba el castillo de la aldea, siguiendo siempre la ribera del mar, cuando el caballo del moro dio un salto, y se plantó delante del camino, bajo la poderosa rienda del jinete.

—¿Qué haces, Zuleik? —preguntó el barón.

—Una cosa sencillísima, señor barón —respondió el moro, mientras el caballero contenía también su propio caballo—. Os corto el camino.

En aquel mismo instante sacó la espada, haciéndola brillar de modo amenazador a los rayos plateados de la luna.

—¡Me cortas el camino! —exclamó el barón, apretando el puño de su espada, que, como hemos dicho, llevaba en la mano—. ¿Acaso te has vuelto loco?

—¡Uno de los dos —dijo el moro, con voz amenazadora— sobra en este mundo, porque la dama a quien amáis no puede pertenecer más que a un hombre solo, y ese hombre la tendrá, aun a costa de la vida!

—¿De qué dama hablas? —preguntó el barón, cuyo estupor aumentaba por momentos.

—¡De la mujer que atormenta mis noches, de la mujer que quema mi sangre, de la mujer que me llevará al infierno! ¡De la condesa de Santafiora, en una palabra!

—¡Y tú, miserable esclavo, osarías...!

—El miserable esclavo tiene en sus venas la sangre de los califas de Córdoba y de Granada, y era príncipe en su país. Mi nobleza supera la vuestra, barón.

—¡Ah, perro! —rugió el joven—. Entonces, ¿has sido tú quien hacía señales a la falúa?

—¡Sí, yo mismo!

—¿Tú eres el que ha atraído a los berberiscos?

—¡Sí, también he sido yo! —repitió el moro.

—¡Voy a matarte! —gritó el barón, furibundo—. ¡Rival y traidor! ¡Pues bien, toma!

De una espolada hizo dar un salto a su caballo, y cayó sobre Zuleik, a quien dirigió una estocada sobre la gola de la coraza, creyendo sorprender a su enemigo, pero tenía delante de sí un competidor temible.

El moro, fuerte y ágil, y jinete admirable además, como lo son casi todos los hijos del desierto, había encabritado rápidamente su caballo, el cual recibió la estocada en el cuello.

Antes de que el barón pudiera ponerse a la defensiva, el moro, a su vez, le acometió con ímpetu desesperado, tratando de herir a su adversario bajo la axila, pero el golpe se empotró sobre el acero de la coraza.

—¡Déjame el paso libre! —rugió el barón.

—¡No! —replicó el moro.

—¡Las galeras se acercan!

—¡Nada tengo que temer de ellas!

—¡Déjame el paso franco en nombre de la condesa!

—¡Por ella es por quien busco vuestra muerte! —añadió Zuleik, con acento implacable.

Entonces el barón le acometió con espada y daga, decidido a acabar la lucha. Fiando en su propia audacia y en su destreza, contaba con desembarazarse pronto del moro. Aun no se había repuesto del estupor que le había producido aquella revelación inesperada, porque estaba a mil leguas de sospechar que aquel hombre, un esclavo, hubiera osado poner los ojos en su prometida.

Al verle cargar de frente, Zuleik cambió bruscamente de táctica, pues en lugar de sostener el ataque, lanzó el caballo al galope, haciéndole describir giros rapidísimos en derredor del barón para buscar el modo de sorprenderle por la espalda.

Era el ataque favorito de los hijos del desierto, que sólo un berberisco podía intentar con resultado seguro. En aquella época, los moros de África constituían la mejor caballería del mundo.

El moro, no obstante tener el caballo herido, hacía describir curvas vertiginosas a su corcel, que giraba como un torbellino en torno del barón, quien se defendía bravamente.

Sin embargo, aunque el siciliano era un diestro jinete, no podía competir con el moro. A costa de esfuerzos sobrehumanos y furiosas espoladas, conseguía presentar al adversario siempre el frente. Pero ¿cuánto podía durar aquel vertiginoso ataque? Esto era lo que inquietaba al barón, que ya empezaba a desconcertarse con tales maniobras, enteramente desconocidas para él.

En vano, cuando Zuleik estrechaba el cerco, replicaba con estocadas furiosas; siempre tenía delante de sí la coraza o la hoja del adversario para pararlas.

—Zuleik —gritó—, ¿quieres acabar de una vez?

—¡Sí, acabaré cuando vuestro caballo quede impotente para moverse! —respondió el moro con risa de hiena.

—¿Qué pretendes hacer conmigo? ¿Entretenerme hasta que los berberiscos desembarquen?

—¡Quiero vuestra vida!

—¿Sí? ¡Pues toma!

En el momento en que el moro pasaba por delante, le tiró una estocada bajo la cintura, allí donde la coraza no podía resguardarle, pero Zuleik, con habilidad y destreza dignas del más consumado esgrimidor, respondió con tal rapidez que su espada rajó de arriba abajo la manga de seda verde del jubón del caballero. El brazo del barón, un brazo blanco y torneado como el de una muchacha, se mostró al descubierto.

—¡Buen golpe! —dijo, riendo— ¡Pero será el último!

Con una arrancada súbita, obligó al caballo a plegarse casi en tierra; sacó los pies de los estribos, y dando un salto que hubiese envidiado un equilibrista, saltó de la silla.

—¡Tu maniobra ha concluido! —dijo.

Entonces fue Zuleik quien quedó completamente desconcertado, puesto que permaneciendo a caballo, tenía pocas probabilidades de deshacerse del barón, el cual trataba de herir al corcel para hacer caer al jinete.

Resuelto el moro, sin embargo, a no soltar la presa, a su vez saltó de la silla, temiendo que su caballo cayera encima de él.

—¿Quieres dejarme el paso libre? —preguntó el barón, el cual pensaba con angustia que quizá en aquel momento los corsarios desembarcaban para asaltar el castillo.

—¡No! —replicó el moro.

Después, alzando la voz, gritó con voz de trueno:

—¡A mí, en nombre de Alá y de Mahoma!

—¡Ah, miserable! —gritó el barón—. ¿Llamas a las gentes de la falúa?

—¡Dentro de poco estarán aquí y te arrancarán la vida! ¡Uno contra veinte no puede resistir!

No obstante su bravura, el caballero sintió que un sudor frío inundaba su cuerpo. Y no era la muerte lo que le infundía espanto, era el pensamiento de que los berberiscos asaltasen el castillo sin que su presencia pudiera infundir valor a los defensores.

Se arrojó contra el moro con furia irresistible, apelando a todos los recursos de la esgrima para acabar con su adversario.

Atacaba con furor, menudeando las estocadas, y procuraba herir al moro en la garganta, único punto vulnerable.

Pero el moro se defendía con presteza, saltando a diestro y siniestro como un tigre cercado de cazadores. Unas veces paraba con la espada, otras veces con el puñal, y al menor descuido de su contendiente, asaltaba con ímpetu salvaje y con una habilidad muy rara entre los berberiscos, los cuales no tuvieron nunca una verdadera escuela de esgrima.

Las espadas, manejadas por brazos vigorosos, despedían chispas, y las corazas, golpeadas con violencia, resonaban con tal fragor metálico, que podía oírse a distancia.

De pronto, el moro, que se había visto obligado a retroceder, se agachó rápidamente, recogió, un puñado de arena y lo lanzó al rostro del caballero, con el propósito de cegarle.

Por fortuna, el barón había observado la estratagema, y pudo resguardar sus ojos. Exasperado por aquella nueva traición, cayó sobre el moro con tal ímpetu y le descargó tal mandoble sobre el yelmo, que le derribó en tierra.

Ya iba a hundirle el puñal en la garganta, cuando diez o doce hombres surgieron de pronto sobre la playa aullando y gritando ferozmente.

—¡Los berberiscos! —exclamó el barón.

Indudablemente, debían de ser los marineros de la falúa, atraídos hacia aquel sitio por los gritos de Zuleik.

Todos eran morenos y fornidos y llevaban en torno al yelmo un medio turbante multicolor, y bajo la coraza calzones amplísimos, rojos y azules.

Viéndose en peligro de ser apresado, el caballero se batió prontamente en retirada, saltando a través de la duna con la agilidad de un antílope.

Como su caballo no se había alejado, en pocos momentos el barón se encontró junto a él y se lanzó sobre la silla.

—¡A escape! —gritó, clavándole las espuelas, mientras los berberiscos disparaban contra él dos o tres pistoletazos.

El corcel, espantado por aquellas detonaciones, dio un salto enorme y se lanzó en dirección del castillo, dejando muy atrás a los argelinos, que en vano trataban de seguir su carrera.

El joven barón, milagrosamente salvado de la emboscada que le había preparado Zuleik, miraba con ansiedad hacia la ensenada y aguzaba el oído, pareciéndole escuchar el estampido de las culebrinas del castillo.

—¿Qué pensará de mi retraso la condesa? —se decía—. ¿Cómo haber adivinado a un rival en ese moro? ¿Quiere robar mi prometida? ¡Yo lo impediré! ¡Acaso en este momento mi galera corra en socorro nuestro! ¡La lucha será terrible, pero confío en que echaremos al agua a esos malditos!

A este punto llegaban sus reflexiones, cuando en lontananza, hacia la costa septentrional de la isla, oyó inopinadamente clamores seguidos de descargas de mosquetería. Además, se oían aullidos salvajes, gritos de mujer, chillidos de niños y un fragoroso resonar de armas.

Se volvió para mirar en aquella dirección. Una luz fuerte y rosada se reflejaba más allá del bosque de encinas, proyectando su resplandor hacia el cielo.

—¡Los berberiscos han asaltado la aldea! —murmuró con angustia—. ¡Pobres mujeres! ¡Pobres niños! ¡Y no puedo hacer nada para socorrerlos! ¡He aquí nuevos esclavos y esclavas que irán a poblar los presidios y los harenes de los moros de Argel! ¡Sin la traición de Zuleik, habrían podido refugiarse en las costas de Cerdeña o resguardarse en el castillo. ¡Ah! ¿Qué pasa todavía?

Una voz había gritado en mal italiano:

—¡Alto!

En vez de obedecer, el caballero se afirmó en los estribos, recogió las riendas y levantó la espada.

Un pelotón de hombres, una media docena, había salido por entre los árboles que ocultaban el castillo por el norte.

Con una sola mirada, el barón adivinó con quién tenía que habérselas.

—Deben de ser compañeros de los que trataron de detenerme sobre la playa —murmuró—. ¡Pues bien, pasaré por encima de ellos!

Viendo que no se detenía, los argelinos habían avanzado para cerrarle el paso. Tres de ellos estaban armados con alabardas, y los otros tres con cimitarras.

Encontrándose emboscados sobre el único paso que conducía a la ensenada, el barón estaba obligado, si quería volver al castillo, a afrontar la presencia de aquellos hombres.

Por otra parte, tampoco podía retroceder, puesto que a su espalda se oían las voces de los que habían acudido a la señal de Zuleik, y hacia el norte, los gritos de guerra y de muerte de los berberiscos que asaltaban la aldea.

No era posible vacilar.

De una espolada hizo encabritarse al caballo, y con un disparo de pistola derribó a un hombre que ya le había puesto la alabarda al pecho.

Desembarazado de aquel adversario, que era el que estaba más próximo, el animoso joven cargó sobre el grupo, alzándose sobre los yelmos y las armas de los que iban contra él.

La audacia de aquel joven, que parecía una muchacha vestida de guerrero, produjo tal efecto sobre los moros —grandes admiradores del verdadero valor—, que quedaron como atónitos y vacilantes.

Aquella breve tregua bastó al barón. De una estocada derribó a otro moro que se disponía a coger el caballo por las riendas, y pasó como un huracán por entre los moros, haciéndoles huir atropelladamente.

—¡Esto se llama tener fortuna! —gritó el valiente joven con voz triunfante.

Detrás del bosque estaba el castillo. Pasó por entre las encinas a la carrera, y se encontró en la explanada, frente al puente levadizo, en el momento, en que desde lo alto de la terraza se oía una voz de mujer gritar:

—¡Pronto, Carlos! ¡Ya vienen!

Un disparo de culebrina resonó en aquel instante sobre la plataforma de la torre.

La condesa estaba allí, y le tendía las manos con un gesto desesperado, señalándole la playa.

Infinidad de hombres surgían por todas partes, arrastrándose sobre la duna como si fueran serpientes.

—¡Apresuraos, Carlos! —gritó la condesa.

El puente levadizo acababa de bajarse con estrépito. El barón se preparaba para lanzarse sobre él, cuando tres disparos de mosquete resonaron uno detrás de otro. El caballo se encabritó bruscamente, lanzó un relincho de dolor y se desplomó de lado.

El caballero había tenido tiempo, sin embargo, de saltar de la silla, y abriendo las piernas, cayó con el animal, aunque sin perder la espada.

Creyéndole perdido, la condesa lanzó un grito de angustia. Los corsarios, ávidos de su presa, corrían hacia la plataforma.

Pero el joven se puso en pie, se lanzó sobre el puente y lo atravesó como un relámpago, mientras las bombardas de los bastiones arrojaban sobre los asaltantes una granizada de proyectiles.

Cabeza de Hierro, que se encontraba bajo el portalón para huir de las balas, salió al encuentro de su amo con los ojos llenos de lágrimas.

—¡Ah, señor! —exclamó, mientras los hombres de armas alzaban precipitadamente el puente—. ¡Ya os creía muerto!

—¡Todavía no —respondió el caballero sonriendo—, por más que hayan menudeado las estocadas!

—¡Por San Jaime! —exclamó el catalán, abriendo desmesuradamente los ojos—. ¿Acaso asaltaron al señor barón esos malditos paganos!

—Repetidas veces.

—¡Y yo, que he recibido de vuestro difunto padre el encargo de velar por vos, no estaba allí! ¡Mi maza los hubiera dispersado, aniquilado, pulverizado, volatilizado y...!

Sabe Dios las bravatas que habrían salido de los labios del catalán si el caballero no se hubiera apresurado a dejarle para ir en busca de la condesa, que lo aguardaba, pálida de terror y emoción.

—¡Cuánto he sufrido por vos! —le dijo con voz conmovida.

—¡Bah, no hay motivo para ello! ¡Un caballo muerto, un poco de ruido y nada más!

—¡Esas balas hubieran podido mataros!

—Pero me han respetado, ya lo veis. No es de mi persona de quien debemos cuidarnos ahora. Decidme, Ida, ¿hay alguna salida secreta en el castillo?

—Sí, una galería subterránea que se abre bajo la torre.

—¿Y la conoce Zuleik? —preguntó el barón con ansiedad.

—¿Zuleik? ¿Dónde le habéis dejado? ¿No viene en vuestra compañía?

—Responded a mi pregunta, Ida, de vuestra respuesta puede depender nuestra seguridad.

—No, Zuleik no conoce esa galería.

El barón respiró con satisfacción.

—¿Por qué me habéis hecho esa pregunta?

—Porque Zuleik es el que nos ha traicionado. Él es quien ha hecho venir aquí a los berberiscos.

—¿Es posible? ¡El que me mostraba tanto afecto!

—¿Queréis una prueba de ello? Pues acaba de llevarme a una emboscada con objeto de matarme.

—¿Y habéis dado muerte a ese infame?

—Ya le había derribado cuando cayeron sobre mí diez o doce moros canallas que llegaron en su auxilio. Apenas tuve tiempo para huir de ellos. Pero no hablemos ahora de eso. Vamos a los bastiones, Ida. Los berberiscos han desembarcado y acaban de incendiar la aldea.

—¡Pobres gentes!

—Puesto que Zuleik desconoce el paso secreto, estoy más tranquilo sobre nuestra suerte. Por de pronto, nos defenderemos como leones.

CAPÍTULO IV. El asalto de los berberiscos

Como hemos visto, los berberiscos acababan de invadir la isla. Aprovechándose de las tinieblas de la noche y de la falta de vigilancia de los pescadores, que estaban muy lejos de sospechar el terrible peligro que los amenazaba, los piratas habían desembarcado delante de la aldea, y entrando en ella a sangre y fuego sin encontrar apenas resistencia.

Hombres, mujeres y niños, sorprendidos en el sueño, aterrorizados por los gritos feroces de los corsarios, y sobre todo, por el resplandor de las llamas que comenzaban a devorar las casas, habían caído en manos de los vencedores como un rebaño de ganado, dejándose arrastrar hacia las galeras, que estaban ya atracadas en la costa para facilitar el desembarco.

¡Pobre montón de esclavos destinados a poblar los horribles presidios de Argel, de Túnez, de Trípoli, de Tánger, y los harenes de aquellos feroces piratas del Mediterráneo!

Aquella sorpresa, maravillosamente realizada, había sido dispuesta con el propósito de impedir que el castillo pudiera recibir el menor socorro por parte de los habitantes de la isla.

Saqueadas e incendiadas las habitaciones, los berberiscos, reorganizadas sus bandas, se habían desparramado por la isla, ansiosos de tomar por asalto aquella pequeña pero sólida fortaleza, que tantas veces frustrara sus planes y contra la cual alimentaban un odio profundo.

Mientras, las cuatro galeras y la falúa que los había desembarcado, se ponían prontamente a la vela para ir a echar el ancla en la pequeña ensenada y secundar con su artillería los esfuerzos de sus compañeros, que en número de trescientos se habían acercado cautelosamente al castillo llevando largas escalas para asaltar los bastiones.

Tan silenciosa había sido la marcha, que cuando el barón y los hombres de armas del castillo se percataron de esta presencia, se encontraban ya amontonados en el foso que por entonces estaba lleno de plantas acuáticas y casi seco.

El jefe de la guarnición, el viejo Antonio, había sido el primero en dar la voz de alarma y en prevenir del peligro al barón y a la condesa. Por lo pronto, las culebrinas eran inútiles, si no contra las galeras, que ya entraban en la ensenada disparando los primeros cañonazos, al menos contra los hombres que estaban agrupados en las bases de la torre y los bastiones.

—¡Ya están debajo de nosotros! —exclamó el barón, que no esperaba tener a los enemigos tan cerca—. Pero desde el foso a los bastiones el paso no es fácil, y antes de que suban a ellos, tendrán que habérselas con el filo de nuestras espadas.

La condesa, que no desconocía los asuntos guerreros, durante la ausencia del barón había tomado las disposiciones necesarias para una enérgica defensa, de acuerdo con Antonio.

Todo estaba dispuesto para rechazar el asalto y hacer frente a la artillería de las galeras.

Los mejores artilleros habían sido designados para el manejo de las piezas, dispuestas en parte sobre los bastiones. Los otros combatientes, incluidos los criados, se colocaron en la puerta, donde era más fácil el asalto.

Las mujeres estaban en la cocina, preparando enormes recipientes de agua y aceite hirviendo para rociar con ellos a los asaltantes.

Entre marineros, hombres de armas, escuderos y criados, eran cerca de cuarenta; número muy insignificante, sin duda, comparado con el de los berberiscos, pero suficiente para oponer una resistencia desesperada detrás de los muros del castillo.

El barón, que no se había desalentado al saber que los argelinos ocupaban el foso, ordenó que comenzase el fuego contra las galeras, que trataban de anclar cerca de la ribera para sostener mejor a los asaltantes.

Las tres culebrinas y las dos bombardas del castillo habían abierto de improviso un fuego tremendo, enfilando los disparos hacia la cubierta de las naves. Al mismo tiempo, otros defensores arrojaban sobre los fosos calderas de agua hirviendo.

La condesa animaba a las mujeres a llevar aquellos proyectiles sobre los bastiones, y ella misma se exponía sin temor a los tiros de las galeras, mientras que el barón, a la cabeza de los soldados, trataba por todos los medios de impedir el asalto.

Por ambas partes se había empeñado en la batalla con furor extremo; los unos, decididos a tomar el castillo, y los otros, a defenderlo hasta el último momento, no ignorando qué triste suerte sería la suya en el caso de ser vencidos.

Mientras las culebrinas y las bombardas de los bastiones y las de las galeras disparaban sin cesar balas y granizadas de metralla, los corsarios del foso rugían como leones y no permanecían inactivos.

Un grupo de los más audaces había asaltado el puente levadizo, tratando de despedazar las cadenas y romper las gruesas tablas a golpes de hacha, mientras otro grupo había llevado una larga escala, apoyándola sobre la terraza.

Al primer grupo no le ayudó la fortuna en su temeraria empresa, porque Antonio, que se encontraba sobre la plataforma de la torre, mandó volver contra el puente una bombarda cargada de metralla, cuyos proyectiles llenaron el foso de muertos y heridos.

En cambio, el otro grupo, aprovechándose del humo de la artillería que la calma de la atmósfera mantenía sobre los bastiones, se había lanzado valerosamente al asalto, subiendo por la escala con un gríterío ensordecedor. Aquellos hombres ascendían a velocidad vertiginosa, como si estuviesen dotados de la agilidad de los monos, llevando la cimitarra entre los dientes y animándose unos a otros con voces de triunfo. Parecían legiones de demonios salidos del infierno.

El barón, que conservaba toda su sangre fría y desafiaba intrépidamente las balas de las galeras, había reunido en aquel bastión almenado, que era el más bajo de todos, la mayor parte de los hombres disponibles para la defensa.

Armado con hacha de abordaje, golpeaba con furia sobre los yelmos que aparecían en el borde del bastión, dando pruebas de un vigor y una serenidad verdaderamente extraordinarios.

Cuando el hacha estuvo inservible, empuñó la espada, descargándola con furia sobre los asaltantes.

Sus gentes le ayudaban vigorosamente, derribando de vez en cuando alguna escala, la cual se precipitaba en el foso con todos los hombres que la montaban, entre gritos de furor y de muerte.

De este modo, el foso se llenaba de muertos y heridos, sin que por eso los asaltantes cejaran en su empresa. Nuevas gentes acudían de las galeras, las cuales desembarcaban en chalupas, y volvían de nuevo a escalar aquel bastión tan formidablemente defendido.

Derribada una escala, la reemplazaban otras tres o cuatro, que bien pronto se cubrían de berberiscos, los cuales se lanzaban al asalto con mayor ímpetu que nunca, arrojando sobre los defensores cohetes incendiarios repletos de resina para incendiar el castillo.

También habían conseguido los enemigos derribar el puente levadizo, sin cuidarse de las bajas que producía en ellos la mosquetería de las gentes del castillo.

Con la muerte en el alma, el barón veía aproximarse el instante en que sus hombres no podrían hacer frente a tantos enemigos, cada vez más furiosos y obstinados.

El jefe de la guarnición del castillo, el viejo Antonio, se le había acercado, diciéndole con voz afanosa:

—¡Señor barón, es imposible prolongar más la resistencia!

—¿Dónde está la condesa? —preguntó el caballero, que acababa de hundir el cráneo a un moro que asomó sobre el bastión.

—En la terraza superior.

—Ve y dile que se retire a la torre. Allí lucharemos hasta el último momento.

—Está bien.

—¡Ten dispuestos cuatro hombres para que corten el puente, Cabeza de Hierro! —gritó.

El catalán, que poco antes se había resguardado detrás de una almena, no respondió.

—Acaso haya muerto —pensó el barón, cortando las manos a un negro que ya se había encaramado sobre el borde del bastión. Entonces dirigió una mirada a su alrededor.

Cinco o seis de sus marineros y algunos hombres de armas yacían en torno a él, muertos por las balas de la artillería de la escuadra, pero no vio entre ellos al infortunado catalán.

—Habrá ido a reunirse con la condesa —murmuró—. Le veré más tarde.

Después, abandonó rápidamente el bastión, gritando con todas sus fuerzas:

—¡Todo el mundo a la torre!

En aquel mismo instante, gritos de triunfo resonaban en la extremidad de las murallas. Con un esfuerzo supremo, los argelinos habían conseguido poner el pie en ellas, y se arrojaban a la terraza como un torrente, llevando delante de sí hombres de armas y criados que huían a la desbandada.

En medio de todo aquel estrépito, en medio de aquellos cantos de victoria y gemidos de muerte, el barón oyó un grito:

—¡Carlos mío!

Alzó los ojos sobre la terraza. Las mujeres huían apresuradamente hacia el puente que unía el castillo y la torre, mientras algunos hombres de armas luchaban desesperadamente contra un grupo de berberiscos que ya habían llegado a aquel sitio y se esforzaban en cortar la retirada a los defensores.

—¡A mí! —rugió—. ¡Salvemos a la condesa!

Una escala conducía del bastión a la terraza. El barón la recorrió como un relámpago, sin mirar si era seguido o no por los soldados.

Con pocos golpes de hacha se abrió espacio, se unió a los hombres de armas que defendían el puente y que estaban a punto de ser envueltos.

—¡Manteneos firmes! ¡Hay que dar tiempo a las mujeres para que puedan salvarse!

El puente que unía al castillo con la torre, la cual estaba aislada sobre la cima de una pequeña roca, era de madera y, por lo tanto, fácil de inutilizar y hasta de defender, porque era también muy estrecho.

Apoyado por los hombres de armas y por los marineros que le habían seguido, el barón hizo frente a los argelinos, que ya estaban en la terraza y que surgían por todas partes.

Como un tigre se había lanzado sobre los enemigos, y estaba a punto de librarse de ellos, cuando se encontró delante de un guerrero que tenía la cabeza cubierta con un yelmo con visera que le ocultaba el rostro, y que le atacó con furor, blandiendo una espada de dos manos.

El joven caballero tuvo tiempo suficiente para recoger un escudo, parar la estocada del berberisco y descargarle un golpe de maza con tal violencia que el casco se hendió en dos pedazos.

El rostro del guerrero infiel apareció de pronto entre las hendiduras de la destrozada celada. Al reconocerle, el barón lanzó un rugido de rabia.

—¡Ah! ¿Eres tú, Zuleik? —exlamó—. ¡Pues por Cristo que esta vez no te escaparás!

—¡Sí, Zuleik —replicó el esclavo con acento de odio—, Zuleik que viene a apoderarse de la mujer a quien ama!

—¡Pues muere, perro! —gritó el barón, atacándole con desesperada furia.

En torno de los dos campeones de aquella lucha sangrienta se habían replegado los combatientes, por más que la batalla continuaba enconada entre berberiscos y malteses.

El barón, cuyas fuerzas duplicaba la cólera, cayó sobre Zuleik como una tempestad, tratando de atravesar la coraza del moro. El esclavo, no menos resuelto a liquidar a su rival, menudeaba sobre él con estocadas, aunque sin resultado, porque siempre el escudo del barón paraba los golpes.

La pelea seguía por una y otra parte con igual encarnizamiento, pues ambos combatientes eran muy diestros en el manejo de las armas, cuando hacia la torre se oyó gritar al viejo Antonio:

—¡El puente va a desplomarse! ¡En retirada todo el mundo!

Los hombres de armas encargados de cortarle ya habían realizado casi toda su tarea, y sólo esperaban a que sus compañeros pasasen del otro lado para descargar sobre él los últimos hachazos.

Al ver el barón a toda su gente en retirada, y no obstante su deseo de acabar con el moro, tuvo necesidad de interrumpir el combate para no encontrarse solo contra todos. Lanzó, sin embargo, sobre el esclavo el último golpe, que le abolló la coraza y lo hizo vacilar, y luego, de dos saltos, atravesó el puente bajo una granizada de balas.

Apenas cerrada la pequeña puerta que conducía a la torre, el puente cayó con horroroso estrépito, arrastrando en su caída a muchos argelinos que habían pretendido forzar el paso para penetrar en el último refugio que restaba a los defensores del castillo.

Por algunos instantes, en el fondo del foso resonaron lamentos, gritos de terror e imprecaciones de rabia. Luego, una espesa nube de polvo envolvió a los muertos y los moribundos.

Los asaltantes, aterrados por aquella catástrofe, se habían refugiado nuevamente en la terraza, mientras desde la plataforma de la torre caían sobre ellos trozos enteros de muralla que, a pesar de los cascos, les aplastaban el cráneo.

El barón, inundado en sudor, con el yelmo hundido y el hacha en la mano, se había lanzado por la tortuosa escala hasta llegar a la plataforma, donde se había refugiado la condesa en unión de los marineros de la galera, que cargaban precipitadamente la culebrina y la bombarda.

—Estamos perdidos, ¿no es cierto, Carlos? —preguntó la joven castellana con voz angustiada—. ¡Ya no nos queda otra esperanza que la muerte!

—¡Todavía no estamos en su poder! —respondió el caballero—. ¡Si el castillo está perdido, la torre es nuestra, y con la ayuda de Dios aun espero que podamos resistir hasta que llegue mi galera o recibamos otro socorro!

—¿Cómo?

—¡Es imposible que este cañoneo no haya sido oído desde la costa! ¡No hay que desesperar, los infieles no entrarán fácilmente en esta torre!

—¡Cuán intrépido sois! —dijo la condesa, mirándole con admiración— ¡Ningún peligro os arredra!

—Todavía somos veinticuatro y las mujeres.

—¿Y Cabeza de Hierro?

—Está aquí.

—¿Vivo?

—Y sin una sola herida.

—Pon diez hombres al servicio de las piezas; los otros, en el primer piso de la torre, detrás de las almenas. ¿Tenemos arcabuces?

—Y municiones abundantes.

—Pues trataremos de resistir todo lo posible, por lo menos hasta que llegue mi galera.

—¿Y qué podrá hacer contra las cuatro que traen los berberiscos?

—Espero que no llegue sola si los cañonazos se han oído en Cerdeña. Anda, coloca a nuestros hombres en los puntos de combate y fiemos la suerte al filo de nuestras espadas.

CAPÍTULO V. La mina

La torre, en la cual los sitiados trataban de oponer la última resistencia a las crueles panteras de Argel, era una sólida construcción cuadrada que se erguía sobre una roca situada en la parte norte del castillo.

En vez de hallarse unida al edificio principal, por un extraño capricho de su constructor o del castellano, estaba aislada a más de treinta metros de altura. Los tres pisos que componían el torreón estaban defendidos por amplios ventanales de estilo gótico, resguardados con barrotes de hierro. Probablemente, en otros tiempos habría servido de prisión.

El edificio, construido con paredes de un espesor enorme y coronado por una plataforma cubierta para poner a salvo a sus defensores de los tiros del exterior, ofrecía una resistencia a toda prueba.

¡Ni las tempestades en el mar, ni los combates en tierra!

El barón sonrió; pero de pronto su rostro se puso serio y por sus ojos pasó como una nube de tristeza.

—¡No hay aquí más que un solo hombre que me inspire miedo! —dijo.

—¿Quién?

—¡Zuleik!

—¿Habéis vuelto a verle?

—Sí, sobre el puente. Allí hemos luchado por segunda vez.

—Pero, ¿qué es lo que pretende de mí ese traidor? ¿Por qué me odia tanto?

—¡Odio! —exclamó el barón—. ¡No es el odio, es el amor lo que le ha impulsado a asaltar el castillo!

—¿Y por quién?

—Por vos, Ida.

—¡Zuleik me ama! —exclamó la condesa con terror—. ¿Era yo, pues, aquella mujer que le turbaba el sueño? ¡Carlos, ahora siento verdadero miedo! ¡Ese hombre lo intentará todo por impedir nuestra felicidad!

—¡Lo sé! —repuso el barón—. ¿Por eso mismo debemos resistir hasta que vengan en nuestro socorro! ¡En otro caso, mi muerte es cierta y segura vuestra esclavitud!

—¡Oh!

—Pero la torre es sólida, y nosotros opondremos nuestras corazas y nuestras espadas a las cimitarras de los infieles.

En aquel momento llegó el jefe de la guarnición del castillo, seguido por unos cuantos hombres escapados de la matanza.

—Señor barón —dijo—, la puerta está defendida, y he preparado una mina en la base de la torre, porque presumo que preferiréis enterraros entre ruinas antes que caer en manos de esos miserables.

—Has obrado cuerdamente, Antonio —respondió el caballero, mirando a la condesa con angustia—. ¡Sí, antes la muerte que la esclavitud! ¿Cuántos hombres nos quedan?

Como era de rigor en aquellos tiempos, tan frecuentes en guerras, asaltos y sorpresas de todo género, la torre tenía subterráneos que conducían al bosque vecino, donde, en caso de asedio u obligada por el hambre, la guarnición podía intentar una salida para sorprender al enemigo por la espalda.

A pesar de ello, el barón, la condesa y sus acompañantes no podían considerarse seguros; los asaltantes eran demasiados y disponían, además, de la poderosa artillería de su escuadra.

Aun cuando el puente hubiera sido cortado y hubiesen sufrido grandes pérdidas, los berberiscos no estaban desanimados. Por el contrario, tenían la seguridad de la victoria final.

Las galeras, que se habían acercado a la playa todo lo que permitía su fondo, apuntaban sus piezas sobre la plataforma de la torre, y con tiros certeros habían comenzado a derribar los ventanales. Los malteses, en cambio, no podían responder con sus culebrinas a aquella incesante granizada de proyectiles.

Por precaución, el joven caballero había hecho descender a la condesa al piso bajo, donde los hombres de armas disparaban los arcabuces a través de las ventanas, tratando de rechazar a los argelinos, que estaban reunidos en la base de la torre y golpeaban con picos las paredes para abrirse paso.

De todas partes llovían los proyectiles sobre la pobre torre: desde la terraza del castillo, desde los bastiones, desde las ventanas, los berberiscos hacían fuego para entretener a los sitiados, con el objeto de que sus compañeros tuviesen tiempo para preparar las minas que debían derribar las murallas.

El barón acudía a todos los sitios, animando a los defensores con la esperanza de un próximo socorro. De vez en cuando se asomaba a la ventana y miraba al mar atentamente para ver si de las costas de Antíoco y de Cerdeña llegaba algún socorro, pero ninguna luz que indicase la presencia de los suyos se distinguía en el horizonte.

A pesar suyo, una profunda angustia se retrató en su semblante, y sus ojos se volvían a la condesa, que, arrodillada en un ángulo de la estancia, rezaba en voz baja. Sin embargo, el joven no dejaba transparentar su inquietud, y no se cansaba de gritar:

—¡Valor, amigos míos! ¡Los socorros no pueden tardar! ¡Si podemos resistir hasta el alba, los berberiscos serán vencidos!

El propio Cabeza de Hierro, que estaba pálido como la muerte, se esforzaba en imitar a su amo con bravatas que hubieran producido risa en otras circunstancias.

—¡No temáis, hijos de la Cruz! —gritaba—. ¡El barón de Santelmo está con vosotros, y mi maza está a vuestro lado también! ¡Dejad que vengan esos perros, y veréis cómo los recibo! ¿Quiénes son esos infieles? ¡Hijos del diablo, a quienes mandaremos al infierno! ¡Valor, valientes malteses! ¡La historia hablará de nosotros, pues exterminaremos a nuestros enemigos!

Por desgracia, el exterminio amenazaba a los defensores de la torre. A pesar de sus esfuerzos, los enemigos habían conseguido ya reunirse, y se oía el formidable ruido de sus picos resonando contra las murallas con vigor creciente.

La artillería de las galeras demolía los ventanales, haciendo llover sobre la plataforma tal lluvia de proyectiles, que los malteses se vieron obligados a abandonar el servicio de la culebrina y la bombarda, para buscar un refugio en la estancia interior. La mitad de ellos habían quedado muertos o gravemente heridos entre los fragmentos de las enormes balas de piedra lanzadas por los moros.

Desembarazada la plataforma, los artilleros berberiscos comenzaban a disparar contra el balconaje del piso inferior, destrozando las barras de hierro que lo defendían. Más de una bala había entrado ya, atravesado la estancia y acribillado la pared opuesta.

El momento terrible de la capitulación o de la muerte de todos los defensores se aproximaba. El barón, muy pálido y ya desesperado de que su galera pudiese llegar a tiempo en socorro suyo, se había acercado a la joven condesa, que seguía orando, rodeada por sus doncellas.

—¡Nuestro fin se aproxima! —le dijo con voz triste—. ¡El Señor nos abandona! ¿Preferís la muerte a la esclavitud? ¡Vos decidiréis, adorada Ida! Si queréis, intentaremos el último esfuerzo, pues dentro de poco será demasiado tarde.

—¿Qué pretendéis hacer, Carlos? —preguntó la joven, con acento de terror.

—Intentar una salida por el subterráneo.

—¿No lo habrán descubierto ya?

—Lo ignoro, pero, si queréis, bajaremos al piso inferior. Sólo temo una cosa.

—¿Cuál, Carlos?

—Que pueda estallar alguna mina y nos haga volar a todos. Los argelinos deben de haber minado ya la base de la torre.

—¡Dios mío! —exclamó Cabeza de Hierro, que escuchaba el coloquio—. ¿Una mina decís, señor barón? ¡Entonces somos muertos!

—Debemos esperar de un momento a otro el estallido —dijo Antonio, que había abandonado por un momento la defensa del balconaje para cargar el arcabuz—. Acabo de ver a los berberiscos retirarse y descender apresuradamente detrás de la roca. No os aconsejaría que intentaseis la salida por el subterráneo, las bóvedas podrían desplomarse sobre nosotros.

—¡Luego todo ha concluido para nosotros! —dijo la condesa con abatimiento.

—¡Todavía no, Ida! —dijo el barón, que no quería espantarla más—. Aunque estallase una mina, la torre no se desplomaría de pronto. Es demasiado sólida y habría necesidad de muchos quintales de pólvora para derribarla por completo.

—Pero podría abrir una brecha considerable —replicó Antonio—, y los berberiscos la utilizarían para llegar hasta nosotros.

—La escalera es angosta y fácil de defender —respondió el barón—. ¿Cuántos somos?

—Apenas quince hombres.

—¡Somos bastantes para oponer una larga resistencia! ¡Es imposible que de una parte o de otra no nos llegue algún socorro!

El viejo Antonio movió la cabeza con un gesto que no auguraba nada bueno, y después, haciendo seña al barón para que le siguiese hasta la escalera que conducía al piso inferior, le dijo a media voz:

—Dentro de media hora, o quizá antes, seremos presos o muertos. Los argelinos han puesto ya fuego a la mecha, y la mina no tardará en estallar. Habéis olvidado que yo había hecho preparar otra en el caso de que descubrieran el paso.

El barón sintió un escalofrío.

—¿De modo que volaremos todos? —preguntó con voz trémula—. Soy hombre de guerra y no me espanta la muerte, pero Ida..., pero tu pobre ama...

—Más vale la muerte que la esclavitud en Argel, señor barón. Además, no creo que toda la torre se desplome, pero esas dos minas abrirán en ella una brecha enorme, y hasta harán saltar las escaleras, cortándonos la retirada.

A pesar de su valor, el barón sintió correr por todo su cuerpo un sudor frío.

—¡Si al menos pudiese matar a Zuleik antes —dijo con voz feroz—, moriría más tranquilo!

—Señor barón —dijo el viejo Antonio, como si hubiese adoptado una resolución desesperada—, acaso pasen todavía algunos minutos antes de que estalle la mina.

—¿Qué pretendes decir con eso?

—Que podríamos aprovecharlos para inutilizar la mina que yo he preparado, y que es la más peligrosa. Cerca de ella hay un tonel de agua. Voy a humedecer la pólvora. Si llego demasiado tarde, no será mía la culpa.

—Si tú desafías la muerte, yo voy a hacer lo mismo —dijo el joven con voz resuelta—. ¡Lo mismo da caer antes que después!

Recorrió la escala rápidamente. Se acercó a la condesa, que había caído de rodillas, cogió la cabeza de la joven entre sus manos y depositó en su frente un largo beso de despedida.

—¿Qué hacéis, Carlos? —preguntó ella con un sollozo.

—¡Voy a probar la suerte! —repuso el caballero con una especie de exaltación.

Después, sin decir una palabra más, empuñó un hacha y cortó la escalera, reuniéndose con Antonio, el cual bajaba precipitadamente.

—¡Volveos, señor —dijo el viejo—, dejad que afronte la muerte solo! ¡Yo soy viejo, y vos, joven!

—¡No!

—¡Subid, la mina va a estallar de un momento a otro!

—¡No!

En la escalera, una voz estridente había gritado:

—¡Carlos!

Era la condesa, que empezaba a adivinar el temerario intento del joven siciliano.

El barón estuvo un momento vacilante, pero, en seguida, de cuatro saltos, bajó la escalera y llegó al piso inferior, un camaranchón oscuro con barriles que en otro tiempo estuvieron llenos de pólvora.

En un ángulo se abría una puerta cubierta de planchas de hierro, era el paso secreto que conducía al subterráneo.

Atravesó resueltamente la puerta, empuñando el hacha, y entró en una galería bastante baja excavada en la roca y que descendía rápidamente por la base de la torre.

—Allí esta la mina —dijo Antonio, que le había seguido—. ¡Pronto, señor!

El barón acababa de descubrir vagamente un enorme tonel lleno de agua situado dentro de una profunda excavación. Con dos hachazos lo desfondó, dejando que el líquido inundase la abertura en cuyo fondo se encontraba la mina dispuesta por el jefe de la guarnición del castillo.

—¡Huyamos! —gritó el viejo.

Ya estaban al entrar en la torre, cuando un relámpago brilló en la oscuridad cegándoles los ojos, al propio tiempo que se sintieron arrojados con una fuerza irresistible contra los muros del subterráneo, donde entrambos quedaron como muertos.

Al propio tiempo oyeron un estrépito espantoso, como si la tierra entera se hubiese desplomado de pronto. Después, gritos, fragor de armas, disparos, y luego, nada.

***

Cuando el barón volvió en sí, el más profundo silencio reinaba en torno suyo. Ya no se oían ni los disparos de las culebrinas, ni los clamores salvajes de los terribles corsarios de África, ni el fragor de las corazas y los yelmos golpeados por las espadas y las hachas de armas, ni los gemidos de los moribundos, ni las imprecaciones de los heridos.

Se encontraba en el subterráneo, donde la explosión de la mina le había estrellado contra los muros. A su lado estaba el viejo Antonio, inmóvil como un cadáver. El joven se sentía magullado y con la cabeza dolorida, como si hubiese recibido un terrible mazazo sobre el yelmo.

Durante un momento creyó haberse despertado en el reino de los muertos, tal era la confusión que existía en su cerebro. Pero de pronto volvió a recobrar la memoria con prodigiosa rapidez.

Entonces, un grito de desesperación salió de su pecho:

—¡Ida, mi Ida! —gritó.

Por algunos momentos giró sobre sí mismo como un loco, agarrándose a los muros y sollozando como un niño.

—¡Muerta! ¡Robada quizá! —gritaba con voz descompuesta—. ¡Malditas sean las hienas de Argelia! ¡A mí, Antonio!

Se había inclinado sobre el viejo, el cual continuaba inmóvil, y trató de levantarle, pero de pronto le dejó con espanto y retrocedió horrorizado.

Del yelmo, casi destrozado, salía un chorro de sangre, que ya había formado en el suelo una enorme mancha roja.

—¡Muerto! —exclamó.

El pobre viejo, lanzado contra los muros del subterráneo, se había aplastado el cráneo contra las piedras.

—¡He aquí otra víctima que debo vengar! —dijo el barón con voz terrible—. ¡Ay de ti, Zuleik, el día que te encuentre!

Miró en torno suyo con abatimiento. Por el agujero de la puerta, que permanecía entornada, entraba un rayo de luz, el cual proyectaba un reflejo sobre el negro y húmedo pavimento del subterráneo.

El sol había salido ya.

El barón, tambaleándose como un beodo, se dirigió hacia la puerta, agarrándose a las paredes para no caer, tal era su debilidad. Por fin logró llegar a la estancia que formaba la base de la torre.

Una inmensa brecha se abría en un ángulo de ella, y un enorme montón de escombros cubría aquel lugar. Algunos cadáveres yacían entre las piedras, y al lado de ellos se veían armas despedazadas, alabardas, espadas, mazas y cimitarras.

Las paredes también estaban manchadas de sangre. En aquel sitio debía de haberse librado un combate terrible entre los asaltantes y los defensores de la torre.

El barón se detuvo, como si tuviese miedo de contemplar los rostros de aquellos cadáveres, todavía contraídos por el dolor y la cólera de la lucha.

Al fin miró hacia la escalera, que la terrible explosión no había destruido por completo. Sobre los peldaños yacían también varios cadáveres, y regueros de sangre descendían lentamente, formando charcas aquí y allá, las cuales exhalaban el olor acre y penetrante del matadero.

Allí estaban confundidos argelinos y malteses.

El último asalto dado por los berberiscos debió de haber sido tremendo, así como la defensa de los sitiados, a juzgar por el número de moros muertos en la base de la escalera.

—¡Todos muertos! —murmuró el barón con un sollozo—. ¿Y mi Ida?

Con un esfuerzo supremo, y venciendo el horror que le inspiraban aquellos cadáveres, subió la escalera con el corazón palpitante de angustia y la desesperación en el alma, gritando con voz angustiada:

—¡Ida! ¡Ida! ¡Ida!

Ya había llegado al término de la escalera, cuando le pareció oír una voz humana. Se detuvo, creyéndose víctima de alguna alucinación de los sentidos, e imaginando que todavía quedaban enemigos en la torre, cogió a un cadáver la espada que aun tenía empuñada, y tiró de ella con violencia.

—¿Quién busca la muerte? —gritó.

La voz de antes, que parecía descender del piso alto, se oyó de nuevo, pero más clara y más distinta.

—¿Señor barón? ¿Dónde os encontráis? —gritaba la voz con tono lamentable.

Una exclamación de estupor salió de los labios del barón. Acababa de reconocer la voz.

—¡Cabeza de Hierro! —balbuceó—. ¡Pero no, es imposible. ¡Yo deliro!

Y dicho esto, avanzó sobre el piso superior.

También allí había muertos: hombres de armas, criados del castillo y berberiscos mezclados en una confusión espantosa y estrechados unos con otros, como si luchasen todavía.

En aquel momento vio descender por la escalera que conducía a la plataforma al pobre catalán. En aquel breve espacio de tiempo había enflaquecido horriblemente.

Al ver al barón, se arrojó precipitadamente a su encuentro, dejando caer la terrible maza de armas que llevaba en las manos.

—¡Señor, qué infortunio!

—¿Dónde está la condesa? —gritó el barón, agarrándole por un brazo y sacudiéndole con fuerza.

—¡Robada, señor!

—¡Robada!

—Sí, robada por Zuleik, por ese perro musulmán! ¡Ah, qué infortunio! —gimió el catalán.

—¿Robada por Zuleik?

El barón no pudo articular una palabra más: se había desplomado sobre los cadáveres, como si su alma estuviera aniquilada.

—¡Auxilio! —gritaba Cabeza de Hierro, aterrado ¡Auxilio! ¡Mi amo se muere!

El barón sollozaba como un niño, estrechándose la cabeza con las manos.

—¡Señor, señor! —gemía el catalán, aflojándole la coraza—. ¡No os desesperéis! ¡Seguiremos a los raptores! ¡Me destroza el corazón veros llorar! ¡Todavía no hace más que dos horas que se han ido, y la galera está por llegar! ¡Acabó de descubrirla ahora doblando el cabo!

—¡La *Sirena*! —exclamó el barón—. ¿Dices que mi *Sirena* está por llegar!

—Sí, señor; la he visto desde la plataforma.

El caballero se había puesto en pie como movido por un resorte, recobrando de nuevo todos sus bríos. La esperanza de poder seguir a los raptores de la condesa y de alcanzarlos antes de que llegasen a Argel para arrancarles su presa, le había devuelto todo su valor. En aquel momento ni siquiera se acordaba de la enorme desproporción de fuerzas entre su tripulación y las de las naves berberiscas.

—¡Ven! —dijo al catalán.

Subió la escala y llegó hasta la plataforma de la torre. Allí también todo estaba en ruinas. Las almenas, destrozadas por las balas de las galeras, habían cubierto con sus ruinas el pavimento. Las dos piezas de artillería estaban, asimismo, hechas pedazos.

El sol, alto ya en el firmamento, iluminaba el Tirreno, la isla de Antíoco y las costas de Cerdeña, cuyas montañas se perfilaban claramente sobre el limpísimo y luminoso horizonte.

Hacia la parte norte de San Pedro, una gran nave con alta proa centelleante de dorados, con inmensas velas latinas desplegadas al viento y el estandarte de los caballeros de Malta ondeando sobre la cima del palo mayor, avanzaba con la rapidez de una gaviota.

Sobre el amplísimo puente del buque brillaban, a los rayos del sol de la mañana, yelmos y corazas de acero, alabardas y picas.

—¡Sí, ya la veo! —gritó el barón!—. ¡Es la *Sirena*! ¡Mi *Sirena*! ¡Por qué no habrá llegado antes!

—¡Todavía será tiempo!

—¡Sí, dices bien! Daremos caza a los moriscos, los seguiremos hasta Argel, y les daremos la batalla. Mira: ya no lloro, y me siento capaz de luchar contra todas las naves musulmanas! ¡Si los alcanzamos, los cazaremos, los echaremos a pique y me apoderaré de Zuleik, de ese traidor!

Hablaba con tal exaltación, que el catalán temió por un momento que hubiese perdido la razón.

—¡Pobre señor! —murmuró, enjugándose una lágrima—. ¡No piensa siquiera que tenemos enfrente de nosotros cuatro galeras, sin contar la falúa! ¡El momento en que el último de los Barbosa va a dejar este mundo no anda lejos!

—Cabeza de Hierro —añadió el barón—, me has dicho que las galeras berberiscas han partido hace dos horas, ¿no es cierto?

—Sí, señor.

—¿Qué ruta seguían?

—Iban hacia el suroeste.

—¿Todas juntas?

—Sí, todas precedidas por la falúa.

—¿Asististe al último asalto?

—Cierto, señor; y os aseguro que mi maza ha causado tales estragos en el enemigo...

—¡Deja en paz a tu maza, que no tiene huellas de sangre! —dijo el joven con impaciencia.

—Porque la he limpiado en la cabeza de los moros. ¡Cómo suponer que un Barbosa...!

—¿Quién se apoderó primero de la condesa?

—Zuleik, señor. Todos los nuestros, después de un combate desesperado en el piso bajo, habían caído heridos o moribundos; el único incólume era yo.

—¿Emplearon violencia con ella?

—No, ninguna. La condesa estaba desmayada cuando se la llevaron.

—¿Y sus doncellas?

—Fueron arrebatadas al mismo tiempo que la señora.

—¿Y tú? ¿Cómo pudiste huir de la muerte mientras todos los otros caían en la lucha?

El ilustre descendiente de los Barbosa se rascó la oreja con cierto embarazo.

—¡Huiste cobardemente! —gritó el barón.

—¡Yo! ¡Un Barbosa! ¡Ah, no, de ninguna manera! Haciendo un terrible molinete con la maza, llegué hasta la escalera, pero cuando ya la condesa había caído en poder de los moros. Y aquí, en la plataforma, yo solo entre todos, opuse una resistencia tan desesperada que los moros no se atrevieron a forzar la puerta y me dejaron solo y desesperado entre todos estos muertos. ¡Creo haber derribado lo menos veinte enemigos!

—¿Tú? —dijo el barón—. ¿Y dónde están todos esos cadáveres, que no los veo por ninguna parte?

—Los habrán retirado los moros —repuso Barbosa, enrojeciendo un poco.

—¡Los Barbosa son invulnerables! —dijo el barón con cierta ironía.

Dos cañonazos retumbaron en aquel momento en el mar.

La *Sirena* entraba en la bahía, saludando al castillo.

—¡Ven! —dijo el barón—. ¡No quiero que mis gentes tengan tiempo para echar el ancla! Hay que dar caza en el acto a los corsarios, y ¡ay de ellos!

CAPÍTULO VI. La persecución

La *Sirena*, que el Gran Maestre de Malta había confiado al joven barón de Santelmo para que protegiera las costas sicilianas y sardas contra las rápidas invasiones de los piratas berberiscos, era una de las más grandes y de las más sólidas galeras que en aquella época surcaban las aguas del Mediterráneo.

En la actualidad haría seguramente una triste figura enfrente de los enormes acorazados de que hoy disponen las principales naciones del mundo, pero en el siglo XVI podía pasar por uno de los barcos más fuertes.

Como entonces se estilaba, la *Sirena* tenía la proa altísima y cargada de dorados, con un amplio castillo para hacer más fáciles los abordajes. La popa, más elevada aún, llevaba un alto mástil provisto de una enorme vela latina. En cambio, la toldilla era baja, con casco solidísimo para proteger a la tripulación contra el fuego de los arcabuces, y dividida en tres departamentos formados con cuerdas entrelazadas estrechamente, que podían servir para detener al enemigo en el caso de que consiguiera llegar a bordo, y hacerle más difícil la conquista del puente.

También los palos del trinquete y el palo mayor llevaban velas latinas.

En la cubierta no había artillería. Las culebrinas se encontraban todas colocadas en el entrepuente, y alargaban sus bocas fulminantes en dos hileras.

La tripulación de la galera, ignorando aún la terrible lucha sostenida en el castillo, se preparaba para echar el ancla, cuando el barón y Cabeza de Hierro se presentaron en la ribera.

—¡Enviadme una canoa —gritó el caballero— y manteneos a la vela!

Aun cuando pareciese muy extraño a la tripulación ver al capitán solo y no descubrir ninguna persona en la terraza del castillo, la orden fue obedecida con prontitud.

Por no encallar en los bajos, la nave había virado de babor, mientras la chalupa, tripulada por seis marineros, se dirigía velozmente hacia tierra para recoger al barón.

Con pocos golpes de remo atravesó la ensenada y atracó delante de los bastiones. Sólo en aquel momento descubrieron con asombro la inmensa brecha que se abría en la base de la torre y el miserable estado del puente levadizo, hecho pedazos por los berberiscos.

El segundo comandante, un hermoso tipo de marino, enérgico, moreno como un argelino y con una barba negra que le caía sobre la coraza, se había lanzado prontamente a tierra, y corrió hacia el barón con el rostro descompuesto.

—¿Qué ha sucedido aquí, señor de Santelmo? ¿Acaso llegamos tarde?

—¡Sí, con dos horas de retraso, caballero Le Tenant! —respondió el barón con un gesto desesperado—. ¡Ahí tenéis la obra de los piratas berberiscos!

—¿Han asaltado el castillo?

—¡Y muerto a sus defensores!

—¿También a nuestros marineros? —preguntó Le Tenant, palideciendo.

—Nosotros dos somos los únicos supervivientes.

—¿Y la condesa de Santafiora?

—¡Robada, caballero Le Tenant! ¿Experimentáis vos algún temor?

—Nunca he tenido temor alguno.

—Pues entonces partamos en seguida y sigamos a esos berberiscos. Nos llevan dos horas de ventaja, y hay necesidad de caer sobre ellos antes que lleguen a Argel.

—Sí, señor de Santelmo —dijo el marino con voz resuelta—. Embarquémonos, y vamos en seguimiento de esos perros.

Entraron en la canoa y se pusieron en marcha, mientras la galera daba bordadas sobre la costa. Durante el trayecto, el barón informó rápidamente al caballero de las infinitas peripecias de aquella noche terrible, que tantas víctimas había costado.

—Señor de Santelmo —dijo el marino con voz conmovida—, volveréis a ver a vuestra prometida. Nuestra galera es veloz, y nuestros hombres os quieren como a un padre. Todos ellos darían su vida por vos. Antes de que los berberiscos entren en Argel les daremos alcance, y ¡vive Dios! que rescataremos a los prisioneros.

—¡Dios os oiga!

—¡Pagarán cara su audacia!

—¡No dudo del valor de nuestros hombres —dijo el barón con voz amarga—, lo único que me espanta es la pasión de Zuleik por la condesa de Santafiora. ¡Ese hombre, antes que entregármela, será capaz de matarla!

—¿No sabéis en qué nave la han embarcado?

—No, caballero Le Tenant.

—¿Ni tú tampoco, Cabeza de Hierro?

—No me fue posible averiguarlo —respondió el catalán—. Los berberiscos se embarcaron con tal precipitación que no pude observar nada.

—¿Eran cuatro las galeras?

—Y una falúa.

—Muchas son, señor de Santelmo —dijo el caballero de Malta—. ¿No os parece que debíamos ir a pedir refuerzos a Cagliari?

—Perderíamos un tiempo precioso, sin tener la certeza de alcanzar auxilios. Prefiero intentar el golpe por mí solo. ¡Dios me ayudará!

—Como gustéis.

—Por otra parte, ya sabéis que las galeras maltesas cruzan sin cesar por el Tirreno y también a lo largo de las costas de África, y es posible que podamos encontrar alguna de ellas.

—O que encontremos a los fregatarios.[1] Porque si tienen barcos pequeños, poseen, en cambio, un corazón muy grande. Yo me entenderé con esa gente, porque soy hijo de un terrible fregatario catalán.

—Sí, ya conocemos las hazañas de tus abuelos, señor Cabeza de Hierro, y también las tuyas —dijo el caballero Le Tenant.

—Mi maza...

—¡Calla! —dijo el barón, casi brutalmente—. ¡Ahora no estamos en situación de oír tus bravatas!

En aquel momento se encontraban al lado de la galera. Toda la tripulación estaba sobre cubierta, pues ya habían observado que el castillo debía de haber sufrido un asalto formidable.

Apenas llegado sobre la toldilla, el joven capitán se colocó en medio de sus marineros, que le miraban con admiración, y les dijo con voz enérgica:

—¡Si hay alguno que tema perder la vida, puede desembarcar, yo le autorizo para ello!

Ninguno se movió.

—¡Vamos a combatir en lucha desesperada, donde es posible que dejemos la piel! —añadió el barón después de algunos momentos de silencio—. ¡Seremos uno contra cinco, pero quien tenga fe en Dios y en el valor de la propia espada, que me siga!

Todos los marineros seguían escuchando.

---

[1] Así se llamaba en Italia a los patronos de las goletas mercantes que solían armarse en corso para atacar a los piratas moros y despojarlos de su presa.

—Se trata —continuó— de salvar mujeres de la esclavitud y librar de la muerte a hombres y niños, pues los berberiscos acaban de devastar esta isla. Nuestros enemigos están allí, delante de nosotros, y huyen hacia sus madrigueras de Argel.

Un rumor sordo se escuchaba en la tripulación.

—¡El que me ame que me siga! ¡La Orden de Malta ha construido esta galera para la protección de los débiles y para el exterminio de los infieles!

En aquel momento, un grito inmenso, ensordecedor, estalló en la nave.

—¡Guerra a los berberiscos! ¡Viva nuestro capitán!

Sólo Cabeza de Hierro había permanecido silencioso, lanzando un profundo suspiro.

—¡Pues que se desplieguen sobre los mástiles las gloriosas banderas de Malta y los colores de Sicilia! –dijo el barón—. ¡Que se preparen también las armas, y que la santa Cruz nos proteja!

Apenas pronunciadas estas palabras, se dejó caer en los brazos de su lugarteniente. Las fatigas y las angustias sufridas en aquella horrible noche de sangre y de estragos, y sobre todo el inmenso dolor que destrozaba su alma, le habían desvanecido.

—¡Oh, Ida mía! —murmuró con voz apagada.

A una señal del caballero Le Tenant, cuatro hombres habían levantado suavemente al joven capitán, que no daba señales de vida, y le condujeron a la cámara de popa.

Cabeza de Hierro le había seguido tristemente, lanzando las más terribles imprecaciones contra los berberiscos y jurando vengar a su infortunado señor. A pesar de sus fanfarronadas, era un pobre diablo y amaba extraordinariamente a su amo desde la niñez.

—¡Morirá de dolor! —decía, apretando con rabia los dientes y los puños—. ¡Perros infieles! ¡Ya me las pagaréis todas juntas!

Mientras el cirujano de guardia cuidaba al barón, cuya crisis, por fortuna, no amenazaba prolongarse, los malteses se apercibían alegremente al combate.

Confiando en la velocidad de su galera, una de las más veleras del Mediterráneo, estaban seguros de alcanzar a la escuadra enemiga antes de pocas horas.

Hombres curtidos en las batallas y que desafiaban la muerte todos los días, dominados además por el fervor religioso, no eran capaces de preocuparse por la superioridad numérica de sus enemigos, especialmente cuando estos enemigos eran infieles.

Además, la desgracia de su capitán, por quien aquellos hombres sentían verdadera adoración, los había conmovido tan profundamente, que todos juraban libertar a la condesa o morir en el empeño de salvarla.

Todos ellos se habían puesto con ardor a preparar la galera para el próximo combate, reforzando las defensas de la cubierta, preparando las armas, cargando las piedras y llevando a la toldilla infinidad de materias inflamables para arrojarlas sobre las naves enemigas.

Aun estaban a la vista de la costa de San Pedro, y ya se encontraba la *Sirena* dispuesta a empeñar la lucha, la cual, según todos los indicios, había de resultar sangrienta; una verdadera lucha de exterminio.

Mientras la tripulación y los hombres de armas escrutaban con ansiedad el horizonte con la esperanza de descubrir las velas enemigas, el barón, a quien la fiebre devoraba, había recobrado los sentidos.

Su primera pregunta fue para saber si habían sido descubiertas las galeras berberiscas y si su espada y su coraza estaban preparadas, como si tuviera el temor de que se empeñase el combate en ausencia suya.

—No, todavía no —respondió el caballero Le Tenant, que se encontraba a su lado—. Acaso para huir de una probable persecución hayan emprendido una falsa ruta, dirigiéndose hacia Túnez en vez de ir a Argel, pero, no lo dudéis, barón, pronto o tarde los alcanzaremos.

—¿Está todo dispuesto para el combate?

—Todo, señor, y nuestros hombres arden en deseos de luchar con los berberiscos.

El barón se alzó sobre el lecho, sentándose en él con un gesto desesperado.

—¡Decidme que todo esto es un sueño, que acabo de ser víctima de una horrible pesadilla!

—Ni que fuera tan valiente —dijo el barón—. Dos veces me hizo frente con su espada, sin que pudiera vencerle.

—Y, no obstante, sois uno de los más hábiles esgrimidores de la Orden de Malta. Si ese hombre es tan valiente y tan audaz nos dará mucho que hacer, señor barón, y no soltará con facilidad su presa, especialmente si está enamorado de la hermosa condesa de Santafiora.

—¡Se la arrancaré, aunque tuviera que seguirle hasta Argel y gastar toda mi fortuna para armar nuevas galeras!

—¡Y siempre me encontraréis a vuestro lado! —dijo el lugarteniente—. Si no conseguimos libertar a la condesa antes de que las naves berberiscas entren en Argel, haremos un llamamiento a los caballeros de Malta, y pediremos auxilio a las Repúblicas de Génova y de Venecia para dar un golpe decisivo al poder de los berberiscos.

—Preferiría tropezar con las galeras enemigas antes de llegar a Argel; en otro caso, la condesa estaría perdida para mí —dijo el joven barón con triste acento.

En aquel mismo instante se oyó una voz gritar sobre cubierta:

—¡Velas a la vista!

Una exclamación de alegría siguió a aquella voz. El barón se había lanzado fuera del lecho, precipitándose sobre su espada como si el combate hubiese comenzado ya.

—¡Venid, venid, caballero Le Tenant! —gritó con alegría feroz—. ¡Ahora todo lo veo de color de sangre!

Ambos se habían lanzado fuera de la cámara y subían rápidamente la escalera que conducía sobre cubierta.

En el puente de la galera reinaba una viva agitación. Marineros y hombres de armas corrían hacia el castillo de proa, mientras los artilleros descendían a las baterías, gritando:

—¡Ojalá fuera así, señor barón! Por desgracia, no habéis soñado, y la prueba es que todos estamos dispuestos a abordar las naves de los raptores de la condesa de Santafiora.

—¡Robármela cuando estaba tan cerca de la felicidad! —exclamó el joven con un sollozo de desesperación—. ¡Y todo fue preparado por Zuleik, por ese miserable esclavo! ¿Cómo pudo ocultar su pasión por tanto tiempo sin despertar la menor sospecha? ¡Un gesto, una palabra sola me hubiera bastado para adivinar su infame secreto!

—Ese Zuleik, ¿es aquel moro que tocaba la tiorba, y a quien vimos algunas veces en el castillo?

—Sí, Le Tenant.

—¿Y fue él quien indujo a los berberiscos para que cayesen sobre la isla?

—Todo lo hace suponer.

—¿Para llevarse a la condesa?

—Y para volver a su patria, para recobrar su alta posición, porque no es un moro miserable, como habíamos creído.

—¿Quién es, entonces?

—Un príncipe, un descendiente de los califas de Córdoba y Granada. Hay que dar crédito a sus palabras, porque los piratas argelinos no hubieran hecho un desembarco para librar a un simple esclavo.

—Y, no obstante, pasó varios años en el castillo.

—Cuatro —respondió el barón.

—¿Cómo permaneció siendo esclavo tanto tiempo?

—Probablemente no sabían sus deudos el lugar en que se encontraba.

—Entonces, debe de ser algún renegado el que llevó a Argel la noticia de que Zuleik estaba en el castillo de San Pedro.

—Es posible.

—¡Nunca hubiera creído que aquel tocador de tiorba fuese un hombre tan importante!

—¡A las culebrinas! ¡A las culebrinas!

Sobre la azul superficie del Tirreno, hacia el suroeste, se dibujaban claramente muchos puntos blancos.

—¡Son los berberiscos! —gritó el barón—. ¡Allí veo la falúa, que navega a retaguardia!

—¿Estáis seguro de ello? ¿No será acaso alguna escuadrilla de veleros mercantes que navegan hacia España?

—¡No, no me engaño! ¡Son las cuatro galeras argelinas y la falúa! ¡Mirad: ya han advertido nuestra presencia y cambiado de ruta hacia el sur, quizá para buscar un refugio en Túnez!

—Así parece.

—Si en tan corto espacio de tiempo hemos ganado tanto mar, eso significa que nuestra galera es mucho más rápida que las suyas y que dentro de una hora estaremos encima de esos perros. ¡Ah! ¡Ay de ti, Zuleik! ¡Tu vida será mía!

—¡Si es que los moros no nos quitan la nuestra! —suspiró Cabeza de Hierro, que había oído las palabras de su amo—. ¡Uno contra cuatro, sin contar la falúa! ¡Hum! ¿Cómo acabará esta empresa? ¡Vamos a recobrar ánimo con un vaso de Chipre!

—Caballero Le Tenant —dijo el barón, colocando los hombres sobre el castillo de proa—, abordaremos esa galera que va detrás y trataremos de echarla a pique.

—Sí, antes de que lleguen las otras en su auxilio. En cuanto a la falúa, la quitaremos de en medio con facilidad.

—Mandad que abran dos barriles de ron y dejad que beban nuestros hombres hasta saciarse. Cuando estén un poco alegres no repararán en que somos los más débiles, y se batirán con mayor brío.

—Está bien.

—¡Y ahora, a ellos, señor barón! —dijo Cabeza de Hierro, deteniéndole en el momento en que subía al puente—, ¿queréis buscar una muerte segura? Ya sabéis que, antes de expirar, vuestro padre me encargó que velara siempre por vos.

—¿Qué queréis decir con eso? —preguntó el joven, arrugando el entrecejo.

—Que las galeras argelinas nos echarán a pique y que todos acabaremos nuestra vida en los negros abismos del Mediterráneo.

—¡Tu maza nos protegerá! —dijo el barón en tono de burla—. Por lo demás, no es éste el momento de escuchar consejos, sino de prepararse a vencer o morir.

—Para morir siempre hay tiempo, señor barón.

—¿Acaso tienes pavor, Cabeza de Hierro?

—¿Yo? ¿Pavor yo? —exclamó el catalán—. ¡Sabéis que ese sentimiento fue desconocido siempre entre los Barbosa!

—¡Estás pálido como un difunto!

—Es la emoción de veros expuesto a los ataques de esos bárbaros.

—Pues no te preocupes de mí; ahora cuida de tu maza.

Le dejó y subió rápidamente al puente, mientras los hombres de armas ocupaban los puestos que les había asignado el caballero Le Tenant.

—¡Pobre amigo Barbosa! —suspiró Cabeza de Hierra—. ¡Encomienda tu alma a Dios! ¡Esta vez no salvas la piel, aunque te escondas en la sentina! ¡Estos desgraciados han enloquecido! ¡Ea, otro vaso de Chipre! ¡El último!

La *Sirena*, se había puesto en actitud de dar caza a los enemigos, desplegando todas las velas posibles para apresurar la marcha. Viendo que las galeras argelinas, a pesar de su superioridad, trataban de deslizarse hacia Túnez para ponerse bajo la protección de sus fuertes, que en aquella época eran verdaderamente formidables, trataba de obligarlas a cambiar de ruta hacia occidente, donde con más facilidad podía elegir un buen momento para asaltarlas.

Los corsarios, sin embargo, fiando en sus propias fuerzas, habían continuado su marcha en dirección del sur, navegando en dos filas y con la falúa a retaguardia.

También se veía que se preparaban al combate, porque sus altísimos castillos de proa se cubrían de hombres, en cuyos cascos y corazas se reflejaba la luz, mientras otros rodeaban las bombardas que llevaban sobre cubierta, con el objeto de que aquellas cortas y gruesas piezas tuvieran mayor eficacia.

No había duda de que los enemigos sabían que a espaldas suyas se encontraba la *Sirena*, con la cual ya muchas veces midieron sus fuerzas en las costas de Sicilia y en las aguas de Malta; y como conocían el valor y la audacia de los marinos cristianos, trataban de evitar un encuentro, más dañoso que útil para ellos, con tanto prisionero como llevaban a bordo.

Por eso forzaban la marcha, desplegando velas cuadradas sobre las latinas, aun cuando estuviesen convencidos de que no podían competir en velocidad con la *Sirena*, que en sólo tres horas y con viento débil les había alcanzado.

La persecución duraba ya más de una hora, con ventaja de la galera maltesa, que veía disminuir la distancia que la separaba de las naves enemigas, cuando los berberiscos cambiaron bruscamente de ruta con una maniobra que en el primer momento sorprendió a los perseguidores.

Mientras una de sus galeras continuaba su marcha hacia el Sur, las otras tres y la falúa habían amainado con rapidez parte de sus velas, virando bruscamente de babor.

—¿Qué pretenden hacer? —preguntó el caballero Le Tenant, que se encontraba cerca del barón—. ¿Nos esperan para dar la batalla?

—¡Ah, canallas! —gritó el barón de Santelmo, palideciendo—. ¡Tratan de proteger la fuga de Zuleik!

—¿Acaso irá la condesa en la galera que huye?

—¡Sí, Le Tenant! —respondió el barón—. Zuleik trata de sustraerse a nuestros tiros, y deja atrás a las tres galeras para que intenten detenernos. ¡Miradlas! ¡Se disponen en orden de combate con la falúa a retaguardia!

—No seremos nosotros los que vayamos a arrojarnos dentro del círculo que forman. Ya que la *Sirena* es más veloz, evitaremos el encuentro y daremos caza a la fugitiva.

El barón había cogido la bocina y, poniéndosela en la boca, gritó con voz de trueno:

—¡Pronto, por la borda!

CAPÍTULO VII. Un combate homérico

Habiendo comprendido las galeras berberiscas que la *Sirena* no tardaría en alcanzarlas y que les faltaría tiempo para ampararse en las costas de Túnez, aprovechándose del viento favorable que soplaba entonces de oriente, se apercibían a cerrar el paso a los caballeros de Malta, con el propósito de proteger la fuga de Zuleik.

Con una rápida y habilísima maniobra, los berberiscos habían vuelto la proa al viento, y manteniéndose en una sola línea, corrían para echarse encima de la galera maltesa, tratando de cogerla en medio para arrasarla con un fulminante ataque circular.

Pero si los berberiscos gozaban de fama justificada de hábiles y valientes marinos, los malteses no les eran inferiores, ciertamente. Conociendo estos últimos las intenciones de sus adversarios, viraron prontamente a babor para evitar aquel peligroso cerco y para poder pasar fuera del arco formado por las galeras.

De una larga bordada hacia el sur, pasaron a ciento cincuenta metros de la nave que constituía la vanguardia, huyendo de los tiros de las culebrinas. Después, emprendieron la carrera en la misma dirección, tratando de interponerse entre las naves de combate y la galera fugitiva, la única que el barón se preocupaba en abordar, por tener la certeza de que en ella se encontraban su prometida y Zuleik.

Por desgracia, al realizar aquella maniobra, la *Sirena* tuvo que perder una parte de la ventaja ganada, y las galeras berberiscas se aprovecharon prontamente de ello para cambiar el frente de batalla.

Pasar delante de ellas sin desafiar el fuego de babor era imposible, aunque los malteses se encontrasen todavía en buena posición, pues podían evitar el abordaje.

—Señor Le Tenant —dijo el barón, que con un solo golpe de vista se había hecho cargo de la situación—, si la artillería de los enemigos no nos destroza la arboladura, ¿embestiremos a la galera de Zuleik antes de que se les reúnan sus compañeros?

—Así es.

—Vamos a jugar una partida desesperada, y no vacilaré en intentarlo, cualquiera que sea el éxito que podamos obtener. Si los berberiscos llegasen a inmovilizarnos no nos quedará otro remedio que morir valerosamente con las armas en la mano, después de haber sacrificado el mayor número posible de enemigos.

Dicho esto se pasó las manos por la frente, enjugándose algunas gotas de sudor.

—Caballero Le Tenant —continuó—, si muero y me sobrevivís, juradme que proseguiréis la empresa de libertad a mi prometida de las manos de los berberiscos. Pongo a vuestra disposición toda mi fortuna.

—Señor barón —respondió el maltés con voz conmovida—, juro sobre la cruz de Malta que si escapo de la muerte lo intentaré todo para salvar a la condesa de Santafiora, aunque debiera pedir auxilio a los fregatarios y reclamar socorro a las Repúblicas italianas.

—¡Gracias, amigo mío! ¡Ahora ya puedo desafiar la muerte con tranquilidad! —dijo el joven capitán.

Se irguió sobre el puente, blandiendo la espada y gritando:

—¡A estribor!

La galera había llegado a la altura de las naves berberiscas, las cuales trataban de echársele encima, intentando cortarle el paso antes de que pudiera lanzarse en pos de la galera de Zuleik, que ya llevaba unos dos mil pasos de delantera.

Las catorce culebrinas de estribor rompieron el fuego simultáneamente y con un estrépito ensordecedor sobre los barcos berberiscos, los cuales en aquel momento viraban de babor para presentar el flanco.

El efecto de aquella poderosa andanada fue desastroso para los adversarios, que, al menos por aquel momento, no se encontraban en situación de responder.

La falúa, que estaba a vanguardia, quedó de pronto arrasada como un pontón, perdiendo a un tiempo mástiles y velas, mientras las otras recibían en el casco tal número de proyectiles, que las hicieron inclinarse sobre la borda.

Un inmenso clamor de alegría había resonado en el puente de la *Sirena*. En aquella extraordinaria andanada, la tripulación creyó ver un augurio de victoria; pero a aquel clamor sucedió bien pronto un horrible griterío. Era que las naves argelinas, una vez terminada la maniobra, habían respondido a su vez con una nube de proyectiles a la andanada de la galera, llenando la cubierta de muertos y moribundos.

Si la andanada de la *Sirena* había sido certera, no lo fue menos la descarga de los berberiscos, que causó pérdidas crueles a los malteses agrupados en el castillo de proa.

No obstante, el intento perseguido por el barón se había obtenido, toda vez que la *Sirena* se había alejado de los barcos enemigos, interponiéndose entre la galera fugitiva y las otras tres, sin haber sufrido en la arboladura grandes daños que pudieran retardar su marcha.

—Si el diablo no hace alguna de las suyas —dijo el caballero Le Tenant—, abordaremos a la galera de Zuleik antes de que las otras puedan auxiliarla. Señor barón, comienzo a creer que Dios está con nosotros, y...

—¡Veremos si nos dan tiempo! —respondió el capitán—. Haced que se reúnan en el castillo el mayor número posible de hombres de armas, ya que abordaremos por la proa, y haced que se tiendan en las tablas. Mirad: las galeras enemigas vuelven a la caza. Sin embargo, confío en abordar a la galera de Zuleik. Si conseguimos tomarla pronto, los otros barcos no podrán detenernos. Ordenad a los artilleros que sólo apunten al puente. ¡Tiemblo ante la idea de que alguna bala de cañón pueda herir a la condesa!

—Ya había previsto vuestra intención —respondió Le Tenant.

—¡Gracias, caballero! ¡Orza, timonel! ¡Pronto; preparad las escalas de abordaje!

En aquel instante, la *Sirena* volaba sobre la nave de Zuleik, la cual perdía camino, por ser menos veloz.

Las otras galeras se habían puesto en persecución de los malteses, disparando las bombardas de cubierta, aunque con poco resultado, porque la distancia aumentaba siempre.

Sobre la galera fugitiva se hacían apresuradamente los preparativos de combate. Hombres de armas y marineros se agrupaban en las bordas, prontos a rechazar el abordaje y a poner una larga resistencia hasta la llegada de las otras galeras.

A cuatrocientos metros, las dos bombardas de popa hicieron la primera descarga sobre la *Sirena*, apuntando hacia el puente para tratar de desarbolarla. Los proyectiles pasaron altos, y sólo pudieron agujerear las velas del palo trinquete.

—¡A su puesto los arcabuceros! —gritó el comandante—. ¡Fuego a discreción!

Cincuenta hombres escogidos, armados con enormes arcabuces, se lanzaron sobre el castillo y abrieron un fuego vivísimo sobre la galera enemiga, que en vano trataba de sustraerse al abordaje, cambiando de ruta cada cinco minutos para ganar tiempo.

Los hombres de Zuleik, elegidos ciertamente entre los mejores, no tardaron en responder a aquellas descargas. Acurrucados detrás de las tablas, con la cimitarra entre los dientes para poder servirse de ella más pronto, miraban hacia el castillo de la *Sirena*, mientras sus dos bombardas resonaban a intervalos, lanzando entre las velas sus proyectiles de piedra.

Pero nada conseguía detener a la galera maltesa. Con una rápida bordada, favorecida por la brisa, que era entonces fresquísima, la *Sirena* hundió el bauprés entre los palos de mesana de la nave berberisca, destruyendo la vela latina, que cayó sobre el puente.

El barón y el caballero Le Tenant se habían lanzado ya del castillo con la espada en la mano y gritando:

—¡Al abordaje, malteses!

Las escalas fueron rápidamente lanzadas, y un choque violentísimo, que hizo estremecerse a las dos galeras desde la cala hasta el puente, fue seguido de gritos furiosos, que se lanzaban de todas partes.

—¡A ellos, malteses!

—¡Al agua los cristianos!

—¡Mueran los infieles!

Un torrente de hombres se precipitó desde el castillo de proa de la *Sirena* sobre la galera berberisca, entre el tronar de la artillería y el estrépito de los arcabuces. A la cabeza marchaban el joven barón y el caballero Le Tenant, con los ojos chispeantes de cólera.

Los berberiscos se lanzaron a la defensa como panteras sedientas de sangre, arrojándose entre los hombres de armas que invadían el barco y animándose unos a otros con gritos terribles.

El ataque de los malteses, excitados por el barón, fue tan vigoroso que los berberiscos se vieron envueltos por todos lados y hubieron de refugiarse en la toldilla.

—¡Adelante! —rugió el barón, que vio a las tres galeras enemigas reunirse para correr en auxilio de la de Zuleik—. ¡Adelante antes que lleguen los otros!

Dicho esto, se lanzó con ímpetu irresistible contra las filas enemigas. Nada podía detenerle. El furor centuplicaba las fuerzas de aquel hombre, que avanzó hacia la primera barricada levantada delante del palo mayor, abriendo un surco sangriento entre los berberiscos, que parecieron sorprendidos por tanta audacia.

Hombres de armas y marineros le seguían, chocando impetuosamente con los adversarios.

En aquel momento, la lucha fue terrible. Los berberiscos no querían ceder el campo y oponían desesperada resistencia.

Las espadas, las hachas, las mazas de hierro y las cimitarras chocaban con ruido ensordecedor, agujereando las corazas y hendiendo los cascos. Bajo aquellos golpes tremendos, muchos encontraron la muerte.

Pero todo el esfuerzo de los malteses tuvo que detenerse delante de la barricada, que los berberiscos defendían con heroísmo sin ejemplo.

El barón, que ya había oído a sus espaldas los primeros cañonazos de las galeras, reunió en torno suyo a una veintena de hombres, y se arrojó contra el obstáculo, gritando con voz tonante:

—¡Un esfuerzo más, y es nuestra la galera!

Saltó sobre la barricada, y con estocadas furiosas a derecha e izquierda se abrió paso; pero de pronto un hombre enteramente cubierto de acero surgió enfrente de él, atacándole con el furor de un tigre.

—¡Zuleik! —rugió el barón—. ¡Ah, perro! ¡Al fin te encuentro! ¡Devuélveme mi prometida!

—¡Ven a tomarla! —respondió el moro.

Una oleada de combatientes se arrojó en aquel instante entre ellos, envolviéndolos y separándolos. Los berberiscos, que defendían aún la barricada, abrumados por los marinos malteses, huían a la desesperada. Parecía que la victoria estaba ya asegurada y que la conquista de la galera no se haría esperar, cuando una descarga tremenda abrasó la cubierta, enfilándola de proa a popa.

Las tres galeras argelinas acababan de hacer fuego sin temor de matar al mismo tiempo a amigos y enemigos, y se preparaban a abordar a la *Sirena*.

El barón había lanzado un grito desesperado, mientras los malteses, sorprendidos por aquella descarga inesperada que cubrió de muertos y heridos la cubierta, se replegaban en desorden para volver a su nave.

El caballero Le Tenant, desanimado, había dado la orden de retirarse para evitar que sus gentes se encontrasen entre dos fuegos.

—¡En retirada! —gritó.

Después, se había lanzado sobre el barón, que todavía se esforzaba en acercarse a Zuleik, y que luchaba sostenido por cuatro marineros de la *Sirena* que no habían cedido el campo.

—¡Venid! —le dijo, agarrándole por un brazo—. ¡Todo está ya perdido!

—¡No! ¡Dejadme; dejad que me maten —respondió el joven capitán, con acento desesperado.

—¡No, venid! ¡Muerto vos, todo concluiría para ella también!

Los hombres de armas y el caballero Le Tenant arrastraron al barón hacia la *Sirena*. Todos huían, perseguidos por los moros de Zuleik, que habían tomado la ofensiva.

En un instante abandonaron la galera enemiga.

—¡Cortad las amarras! —gritó Le Tenat, tratando de dominar el tumulto.

Apenas hubo entrado en la *Sirena*, el barón recobró su sangre fría. No se trataba ya de arrancar a la condesa de las manos de Zuleik, sino de salvar la nave y la tripulación, que estaba a punto de caer vencida por la enorme superioridad numérica de los berberiscos.

Con pocas órdenes, rápidas y terminantes, dispuso reforzar las velas para desprenderse de las cuatro galeras enemigas que ya le cercaban, y que se preparaban a su vez a abordarla. Después, concentró sobre el castillo de proa todos los artilleros disponibles para contener a las gentes de Zuleik, que corrían al ataque lanzando gritos salvajes.

Con dos descargas contuvo su ímpetu, impidiéndoles invadir el castillo; y aprovechando aquel momento de tregua, hizo cortar las amarras y desembarazar el bauprés, todavía embrollado entre las cuerdas de la galera.

Una racha de viento muy oportuna separó las dos naves.

—¡A babor! —gritó el capitán, lanzándose sobre el puente, seguido por Le Tenant.

En tanto, los gavieros desplegaban las velas latinas para tomar viento, los arcabuceros hacían fuego sobre la cubierta de las cuatro naves, y las culebrinas disparaban sobre los cascos con espantoso ruido.

Sin embargo, la posición de la *Sirena* era casi desesperada, toda vez que las galeras argelinas no querían dejar la presa, seguras de rendirla fácilmente.

Sus piezas, tres veces más numerosas que las de los malteses, respondieron a los fuegos de la *Sirena* con andanadas terribles; las balas hendían el casco y entraban en las baterías, haciendo estragos horribles entre los artilleros y en los hombres encargados de tapar los agujeros abiertos por los proyectiles.

Una galera que tenía el viento más favorable que las demás trató de abordar a la *Sirena*, embistiéndola por la proa, aunque una hábil maniobra evitó al contacto del barco enemigo y eludió por milagro el cerco de las otras.

Pero si consiguió romper aquel estrecho cerco, no le fue posible ponerse al amparo de la artillería berberisca, que disparó contra ella mortíferas andanadas.

El espectáculo era horrible. Las balas de piedra de las bombardas caían con inmenso fragor sobre la cubierta y el castillo de proa, desfondando con su peso las tablas, mientras los proyectiles de las culebrinas acribillaban sus flancos.

El retumbar de todas aquellas piezas era tan fragoroso, que no podían oírse las voces de mando del barón y del caballero de Malta, los cuales se esforzaban por sacar a la nave de aquel círculo de fuego. Los gritos terribles y salvajes de los argelinos aumentaban el tumulto.

Furiosos por aquella obstinada resistencia y por el frustrado proyecto de abordaje, disparaban sobre la pobre galera nutridas descargas de arcabucería y lanzaban sobre ella materias inflamables, gritando furiosamente:

—¡Exterminadlos! ¡Mueran esos perros! ¡El Profeta lo manda!

Con el valor de la desesperación, los malteses trataban de rechazar el ataque por todos lados; pero la lucha era desigual. El puente, el castillo y las barricadas se cubrieron de muertos destrozados por las balas de las culebrinas.

También en las baterías el estrago era espantoso. Fusilados casi a quemarropa, los artilleros caían por docenas sobre las piezas, que poco a poco quedaban mudas por falta de hombres.

Ya no era la galera otra cosa que un pontón desarbolado. Agujereada por todas partes, sin mástiles y sin timón, se mantenía sobre el agua por un verdadero milagro.

—¡Rendíos! —aullaban los berberiscos.

El barón respondió con voz tonante:

—¡Los caballeros de Malta mueren, pero no se rinden!

En aquel instante, una exclamación de alegría salió del pecho de los supervivientes:

—¡Velas! ¡Velas en el horizonte! ¡Vienen en socorro nuestro!

Por la parte norte, o sea por la parte de Cerdeña, algunos puntos blancos surcaban las aguas. No podían ser barcos enemigos, porque no venían de los puertos del sur.

A la vista de aquellas velas, los valientes defensores de la *Sirena*, que ya estaban desalentados, recobraron ánimo y respondieron con mayor ímpetu a las descargas de los berberiscos.

También éstos habían visto aquellos puntos blancos que anunciaban la proximidad de otros buques: quizá galeras mandadas por el virrey de Cerdeña en auxilio de los caballeros de Malta. Una viva inquietud se apoderó de los corsarios, los cuales empezaron a temer verse envueltos entre dos fuegos.

La distancia era todavía demasiado grande para poder saber a qué clase de naves pertenecían aquellas velas. Pero, no obstante, los capitanes berberiscos pensaron, y con razón, que no podían ser corsarios tunecinos o argelinos. También los desanimaba un poco la resistencia de los malteses.

El barón y el caballero Le Tenant se percataron de la inquietud que empezaba a dominar a los enemigos, y se aprovecharon de ella para reanimar el valor de sus gentes.

—¡Fuego! —gritaban—. ¿Aquí están las galeras amigas! ¿Adelante, malteses! ¡A las baterías todos!

Marineros y soldados se precipitaron en el entrepuente, donde sólo unos pocos artilleros continuaban manejando algunas piezas. El fuego, que había ido debilitándose, se reavivó de pronto con un crescendo espantoso, descargando andanada tras andanada sobre los barcos berberiscos.

Aquel cañoneo infernal acabó por decidir a los asaltantes a dejar la presa.

Aun cuando sus galeras estaban bastante maltratadas por aquella horrible lucha, orientaron precipitadamente las velas, y después de una última andanada, que destrozó por completo el casco de la *Sirena*, emprendieron la ruta huyendo hacia el oeste, en dirección a Argel.

La galera maltesa continuaba solitaria, envuelta en el humo de las últimas descargas, abandonada a las olas, mientras un grito de desesperación salía del pecho del joven capitán, que se reconocía impotente para seguir a los enemigos, a quienes ya nadie podía detener.

CAPÍTULO VIII. Los fregatarios

En tanto que los supervivientes de aquella inverosímil pelea, reducidos a la tercera parte por las balas y las armas blancas de los berberiscos, socorrían a los heridos que llenaban el puente y las baterías, el caballero Le Tenant se había lanzado sobre el castillo y miraba con atención a las velas señaladas, que avanzaban en dirección a la galera.

Con una sola mirada se convenció de que aquellas velas no pertenecían a buques de combate enviados en su socorro por el virrey de Cerdeña, ni a las galeras maltesas procedentes de las costas de Toscana, sino que eran dos pequeños veleros incapaces de prestar a la *Sirena* gran ayuda, y menos capaces de perseguir a los corsarios, que en aquel instante empezaban a desaparecer entre las brumas del horizonte.

—Señor barón —dijo el joven capitán, que se había apresurado a seguirle con la esperanza de poder continuar la persecución de los corsarios con el auxilio de aquellos barcos—, creo que por ahora no podremos seguir a la condesa.

El barón suspiró profundamente y tuvo que apoyarse sobre la borda, como si las fuerzas le faltasen. En su rostro se leía una desesperación infinita.

—Señor barón —le dijo Le Tenant con voz conmovida—, sois un soldado y no debéis dejaros abatir. Si hoy la fortuna no ha coronado los esfuerzos de nuestros bravos marinos, dentro de pocos días puede devolvernos sus favores.

—¡Mejor hubiera sido que una bala me arrancara la vida!

—Y entonces, ¿quién intentaría la salvación de la condesa de Santafiora? Yo...

El barón le interrumpió bruscamente, preguntándole:

—¿Qué barcos creéis que son esos?

—Goletas mercantes, señor. ¿Por qué esa pregunta?

—O quizá sean fregatarios. Si fuesen naves mercantes, al oír nuestros cañones se hubieran alejado en vez de acercarse a nosotros.

—¿Y si lo fuesen?

—Señor Le Tenant, nuestra galera se encuentra ahora imposibilitada de intentar cualquier esfuerzo, y habrá de costarnos trabajo llevarla hasta Cerdeña. De todas maneras, no podréis volver con ella al mar antes de dos meses, a menos que el gran maestre de la Orden os confíe el mando de otro buque. Si esos dos barcos que se acercan van tripulados por verdaderos fregatarios, os confío el mando de la *Sirena*, y os ruego que realicéis todo género de esfuerzos para conducir a Italia a nuestros marineros.

—¿Pensáis dejarnos? —dijo el maltés, atónito.

—Voy adonde el destino me lleve —dijo el barón—. No podré resignarme a esperar semanas y aun meses mientras mi prometida va a Argel como esclava.

—¿Y pretendéis ir a Argel solo?

—Me basta con un compañero. Si todavía está vivo Cabeza de Hierro, él me acompañará. Voy a intentar todo género de esfuerzos para libertar a Ida. ¿Qué me importa ya la vida? Si me sorprenden y me matan, los caballeros de Malta me vengarán.

—¡No cometáis esa locura! Os conocen demasiadas personas en Argel, y, además, Zuleik vigilará constantemente sobre su presa.

—Estoy decidido a jugar el todo por el todo —respondió el barón con voz firme—. Ahora no soy necesario aquí, puesto que la *Sirena* no puede navegar. Ya harto haréis con llevarla hasta los puertos italianos.

—Pero...

—¡Ah, mirad, no me había engañado! Esos dos pequeños veleros son verdaderamente fregatarios en ruta para las costas africanas. Espero que mediante una buena recompensa no tendrán dificultad alguna en llevarme a bordo ni en desembarcarme en Argel.

—Barón, pensad en los peligros a que os exponéis entrando en la propia guarida de Zuleik. Si ese condenado moro llega a sorprenderos, no habrá tormento que deje de aplicaros. Conocéis mejor que yo la maldad de las panteras de Argel.

—¡Afrontaré todos los peligros sin temblar!

—Al menos, llevad con vos algunos hombres resueltos.

—Me basta con Cabeza de Hierro.

—¡Valiente refuerzo!

—No tengo necesidad de gente valerosa, porque no voy a Argel para combatir, sino para buscar con astucia los medios de libertar a la condesa. Haced seña a esas falúas para que se acerquen.

No fue preciso hacerlo, porque los dos pequeños veleros, viendo ondear sobre la cinta del palo mayor la bandera de los caballeros de Malta, se apresuraron a acercarse a la galera.

Eran dos esbeltos barquitos, largos, delgados, con el casco afiladísimo y las bordas bajas, y con un velamen extraordinario que debía de imprimir a aquellas navecillas, aun con viento débil, una velocidad tal que ninguna galera podría alcanzarlas.

No desplazaban más de cuarenta toneladas pero, a pesar de eso, ambas llevaban una tripulación numerosísima y tenían en popa dos pequeñas culebrinas.

Eran naves de fregatarios, naves construidas expresamente para las carreras velocísimas de aquellos barcos, que de vez en cuando prestaban servicios preciosos a los pobres esclavos cristianos, muchos de los cuales debían a tan audaces marineros la libertad.

Tripuladas por gente de valor y de sangre fría extraordinaria, aquellas falúas, aparejadas como goletas, osaban entrar en los puertos de Túnez, de Trípoli, de Argel y de Tánger, en acecho del momento oportuno para recoger a los esclavos, que luego reconducían a su patria.

Disfrazados de moros, fingiéndose mercaderes tunecinos o argelinos, y habilísimos en el manejo de las armas, siempre prontos a huir a alta mar a la menor señal de peligro, organizaban en secreto la liberación de los esclavos.

No hay que decir que aquellos marinos corrían riesgos inmensos y que la muerte los amenazaba a cada instante, pues una vez caídos en manos de los berberiscos, no podían esperar de ellos otra cosa que la muerte.

Cuantos eran sorprendidos, otros tantos eran condenados a muerte. ¡Y qué muerte la suya!

Unos eran quemados vivos; otros, despedazados con hierros candentes; otros, empalados sin compasión, y otros, por último, sumergidos en cal viva antes de ser decapitados.

En pocas bordadas las dos falúas se colocaron bajo la calera, abordándola por ambos lados. Luego, un hombre de formas herc*leas, bronceado como un moro, con larga barba negrísima y vestido de turco, subió por la escala que le habían echado desde la *Sirena*.

¡Dura ha sido la batalla! dijo en pésimo italiano, poniendo el pie sobre el puente y al ver todos aquellos muertos, que aun no habían sido arrojados al agua—. ¡Se ve con claridad la obra de esos malditos perros infieles!

Viendo acercarse al barón, hizo un saludo llevándose la mano al fez.

—¿El capitán? —preguntó—. Os felicito con toda mi alma por vuestro valor. ¡Ojalá hubiera llegado a tiempo para ayudaros contra esas cuatro galeras!

—¿Sois un fregatario? —dijo el barón.

—Sí, capitán.

—¿De dónde venís?

—De Cagliari.

—¿Habéis tenido noticia del asalto de los berberiscos al castillo de San Pedro?

—Lo supe ayer por algunos pescadores de Antíoco. ¡No se puede negar que esos perros han procedido con audacia para llegar hasta allí!

—¿Se sabe también que han robado a la condesa de Santafiora?

—Sí, señor, y en Cagliari[2] todos compadecen la desgracia de esa hermosa dama.

—¿Adónde vais ahora?

—Pues a intentar un golpe de mano en Argel, mientras mi compañero va a hacer lo propio en Túnez. Se trata de salvar a un caballero español, hijo de un embajador de este país. Se arriesgará la piel; pero la suma prometida es considerable, y si logro mi intento me retiraré a Normandía a cultivar manzanos.

—¿No sois italiano? —añadió el caballero Le Tenant.

—Soy un poco de todo —respondió el marino, sonriendo—. Para las gentes del Mediterráneo, que me conocen de oídas, soy simplemente un buen marinero y me llamo el Normando; para los infieles soy Ben Keded; para mis compatriotas, Juan Barthel.

—Decidme —preguntó el barón—: ¿os agradaría ganar cinco mil escudos?

El marino hizo un gesto de asombro:

—¡Por el rabo de Satanás! —exclamó, abriendo los ojos—. ¡Cinco mil escudos! ¡Por semejante suma soy capaz de incen-

2 Cagliari: ciudad marítima situada en el golfo homónimo, al sur de Cerdeña. N. del E.

diar la Casbah de Argel y el palacio de ese canalla de Culquelubi, con el cual tengo una antigua cuenta que saldar!

—No os pido eso —respondió el barón con una sonrisa melancólica.

—¿Qué es lo que debo hacer, caballero?

—Pues conducirme en vuestro barco con un compañero mío y desembarcarme en Argel. Si queréis, podréis ayudarme en la empresa que voy a intentar.

—¿Queréis libertar a alguien?

—A la condesa de Santafiora.

—¡Me lo había figurado! —dijo el normando—. ¿Acaso habéis luchado contra las galeras argelinas para arrancarla de manos de los piratas?

—Precisamente.

—Pues, caballero, por la suma que me ofrecéis, yo pongo a vuestra disposición mi falúa y mis hombres, y me comprometo a ayudaros en la empresa. Como todos los fregatarios, tengo en Argel conocidos que nos prestarán auxilio. Sólo deseo que confiéis en mí y que me hagáis la promesa de ser prudente. Comprenderéis que se trata de salvar la piel, y vos debéis de saber que las panteras de Argel tienen sed de sangre de cristianos.

—Haré todo lo que queráis. Señor Le Tenant, sacad de la caja los cinco mil escudos.

—Señor —respondió el normando, mirando al capitán con admiración—, por ahora mejor están a bordo de vuestra galera que en mi falúa; ya me los entregaréis cuando acabe nuestra empresa.

—Como gustéis.

—Concededme diez minutos para prepararos un camarote, señor de...

—El barón Carlos de Santelmo —dijo el maltés.

—¡Por el alma de Belcebú! —exclamó el marino, mirando al capitán con admiración—. ¿Sois vos ese caudillo tan temido? ¡Tan joven y tan famoso ya! ¡He debido imaginar que sólo un hombre de vuestro temple podría luchar con las galeras berberiscas!

Luego, bajando por la escala, gritó:

—¡Hola! ¡Atracad! ¡Preparad mi camarote!

—¿Dónde está Cabeza de Hierro? —preguntó el barón.

—¿Qué vais a hacer con ese hombre? —dijo Le Tenant.

—Pues llevarle en mi compañía. A pesar del miedo que le inspiran los infieles, no me abandonaría nunca. Me tiene demasiado cariño.

Cabeza de Hierro no se encontraba en el puente, ni en el castillo de proa, ni sobre cubierta. Después de muchas pesquisas, fue descubierto acurrucado en la bodega, con la formidable maza a un lado y durmiendo como un lirón.

Cuando apareció sobre cubierta, con los ojos todavía enrojecidos por los efectos del vino de Chipre, no tardó en soltar sus acostumbradas bravatas.

—¡Ah, qué batalla, señor barón! ¡La historia la narrará en letras de oro! Perdonad que me haya dormido un par de minutos; pero estaba ya harto de matar piratas. ¡Qué estragos ha hecho en esos perros infieles mi maza! ¡A vida por golpe!

—Sí, tenéis un brazo terrible, maese Cabeza de Hierro —dijo el caballero Le Tenant, riéndose—. Sin el auxilio de vuestra formidable maza, los berberiscos se hubieran apoderado de la *Sirena*. ¡Cuántos cadáveres habéis anegado en vino de Chipre!

—¡En sangre! —dijo el catalán, fingiéndose indignado.

—Pues ahora que vais a Argel podéis repetir la matanza.

—¡Cómo! ¿Qué voy a ir a Argel? —exclamó, tartamudeando, el pobre descendiente de los Barbosa.

—Partimos a bordo de esta goleta.

—¿Para Argel?

—Sin duda.

—¿Y con qué objeto?

—Pues para libertar a la condesa.

El valiente Cabeza de Hierro estuvo a punto de caer sobre cubierta. Por fortuna suya, tenía a sus espaldas el palo mayor.

—¡Señor, eso no puede ser! —dijo, después de un momento de pausa—. ¡Vuestro padre me ha encargado que vele por vos..., e ir a Argel es ir a buscar la muerte!

—Pues vendrás conmigo.

—¡Pensad que eso es una locura, pensad...!

—¿Acaso tendrás miedo?

—¡Yo! ¡Miedo un descendiente de los Barbosa! ¡Ah, señor barón, retirad esa injuria! ¡No tengo miedo a los berberiscos, ni siquiera a Culquelubi!

—Entonces, baja a la falúa.

El catalán hizo una mueca horrible, pero sacando fuerzas de flaqueza y para disimular el miedo ante la tripulación, bajó por la escala, arrastrando la enorme maza, terror de los corsarios.

—Señor de Santelmo —dijo Le Tenant—, no cometáis la imprudencia de daros a conocer.

—Os lo prometo, caballero.

—¡Cuánto hubiera deseado acompañaros!

—No, es preciso que conduzcáis a esos valientes a sitio seguro.

—Decidme al menos dónde podré ir a esperaros.

—Si llegáis a tiempo y yo no sucumbo en la empresa, aguardadme en las Baleares, adonde me dirigiré con la condesa si consigo salvarla.

—Cruzaré por las costas de España, y si encuentro un momento favorable haré una expedición hasta Argel. Acaso el apoyo de la galera pueda seros útil.

—¡Adiós, señor Le Tenant. Si sucumbo en la empresa, acordaos que cuento con vos!

—Yo os juro, señor barón, que en ese caso intentaré la salvación de la condesa, y que para conseguirla pediré auxilios al propio gran maestre de la Orden.

Se abrazaron conmovidos, mientras los tripulantes se descubrían con respeto delante del capitán.

—¡Adiós, valientes! —dijo este último.

Y luego, para ocultar su emoción, bajó rápidamente la escala y saltó sobre la toldilla de la falúa, donde le esperaba el normando con cierta impaciencia.

—Apresurémonos, señor —dijo el fregatario—, si queréis desembarcar en Argel antes de que lleguen los corsarios.

La tripulación, integrada por marineros de formas hercúleas y de aspecto marcial recogidos en todos los puertos del Mediterráneo, se apresuró a virar las velas.

Sobre el puente de la *Sirena*, los marineros, agrupados, agitaban sus gorras en señal de despedida.

—¡Hasta la vista, hijos míos! —gritó por última vez el barón.

—¡Que el Señor os proteja! —exclamaron todos.

Con una rápida bordada, la falúa se reunió con la otra, que ya se había alejado impulsada por una fresca brisa, y ambas emprendieron la ruta hacia el suroeste, con una velocidad extraordinaria, mientras la *Sirena* se dirigía lentamente en dirección de las costas italianas.

El barón, sentado sobre uno de los barriles que llenaban la cubierta, seguía a la galera con los ojos, mientras Cabeza de Hierro, apoyado en la banda, exhalaba sendos suspiros, mirando tristemente su maza.

A proa, el normando escrutaba atentamente el horizonte por la parte occidental, arrugando de vez en cuando la frente. Seguramente trataba de descubrir las galeras berberiscas.

—¡Ya habrán corrido mucho! —murmuró—. El viento es bueno, y si no han sufrido daño en el velamen, mañana estarán en Argel; pero también estaremos nosotros.

Se acercó al barón, el cual continuaba contemplando la *Sirena*, que iba desapareciendo poco a poco.

—Señor —le dijo—, debéis de estar fatigado después de semejante batalla. Id a descansar. Por el momento, ningún peligro nos amenaza y las costas de África aún están lejos.

—Siento necesidad de reposo —dijo el barón—. Tengo el cuerpo rendido.

—Lo creo. Acaban de decirme en Cagliari que vos mandabais a los defensores del castillo de los condes de Santafiora. Dos batallas en veinte horas rinden a un gigante.

El barón sonrió tristemente, sin contestar.

—¡Perros infieles! —continuó el normando—. ¡Atreverse a llegar hasta las aguas de Cerdeña! ¡Esos malvados se ríen hoy de la cristiandad! ¿Cuándo se decidirán los nuestros a darles el golpe de gracia?

—¿Qué ruta seguiréis? —le contestó el barón.

—Trataré de seguir a las galeras a cierta distancia —respondió el normando.

—¿Es veloz vuestro barco?

—Se desliza sobre las aguas como un delfín. No lo hay más ligero en el Mediterráneo.

—¿Os creen argelino?

—No, tunecino, señor, y hasta ahora nadie ha sospechado de mí en Argel. Paso por un honrado negociante en dátiles y en pescado salado. Confío en que entraremos sin dificultad en Argel. Pero sed prudente, señor barón, y, sobre todo, disfrazaos bien de moro, porque esos canallas tienen los ojos perspicaces.

—Lo sé.

—En mi último viaje, un amigo, un bravo marinero de Mallorca que hablaba el morisco acaso mejor que yo y que vestía el jaub a maravilla, fue descubierto por un genízaro que antes había tenido relaciones con él, y le prendieron y quemaron vivo delante de la puerta de Bad-el-Ued.[3] Ya comprenderéis que no tengo ningún deseo de que os tuesten como a un capón.

—¿Creéis que sea posible salvar a la condesa?

—La cosa es difícil. A un hombre se le puede libertar con mayor facilidad, aun cuando se encuentre encadenado en un presidio; pero tratándose de una mujer las dificultades aumentan, porque habrá necesidad de penetrar en el harén de su amo, donde los eunucos velan noche y día. Sin embargo, yo he salvado a una condesa napolitana que había sido apresada a bordo de una nave siciliana y que se encontraba en el harén de Alí Manis, capitán general de las galeras del bey de Argel. Me costó fatigas y peligros sin cuento pero, no obstante, logré conducirla a su patria. Espero que no tendré menos fortuna con la condesa sarda, pero antes de intentar el golpe es preciso que descubramos primero el harén adonde la conducen. Dejadme a mí el cuidado de dirigirlo todo.

—Os obedeceré ciegamente.

—Andad a descansar, señor barón. Vuestro escudero duerme ya como un lirón.

—Acepto el consejo —respondió el joven, levantándose.

—Encontraréis una litera demasiado estrecha.

—Soy hombre de mar. ¡Gracias!

—¡Pobre joven! —murmuró el normando, siguiéndole con la vista—. ¡Acaso acabe su vida entre los suplicios más atroces! ¡Bah! No desesperemos y seamos prudentes; la piel corre gran peligro, y es preciso salvarla, porque si no, ¡adiós las manzanas de Normandía y adiós la sidra!

---

3   Histórico.

CAPÍTULO IX. La costa argelina

Al llegar la noche, las dos goletas, que ya habían recorrido buen número de millas sin llegar a descubrir a las galeras argelinas, se separaron, siguiendo rutas distintas.

Mientras que la del normando volvía la proa hacia Argel, su compañera, que iba mandada por un fregatario napolitano, hacía ruta a Túnez, adonde se dirigía también con el propósito de intentar un golpe para tratar de arrancar de la esclavitud a algunos mercaderes de Salerno que habían caído en poder de Escipión de Cicala, un tiempo valiente capitán siciliano y después renegado y uno de los más audaces corsarios berberiscos.

El *Solimán* del normando, después de haber realizado una larga carrera con la esperanza de descubrir las velas argelinas, había vuelto resueltamente la proa al Sur, queriendo avistar las costas de África antes de poner la proa al oeste, para que así se creyera que venía de los puertos tunecinos.

Estando el Mediterráneo tranquilo y siendo constante el viento norte, la marcha del ligerísimo buque no encontraba obstáculos, y las millas se sucedían unas a otras sin que la tripulación se fatigara demasiado.

El normando, que no parecía sentir la necesidad de descansar, no abandonaba un solo instante la proa del buque. Sus ojos grises escrutaban incesantemente el horizonte, tratando de descubrir cualquier luz que denunciase la presencia de alguna galera.

Se encontraban en aguas peligrosas, frecuentadas por los corsarios argelinos, que podían desarbolar el barco de una sola andanada. Sin embargo, hasta aquel instante el mar se mantenía desierto. Solamente los delfines se deslizaban velocísimos por delante de la proa de *Solimán*, dejando tras sí surcos luminosos que brillaban entre las tintas oscuras del agua.

Muchas horas hacía que el normando exploraba el horizonte, mientras los hombres de guardia maniobraban en silencio en las escotillas para aumentar la velocidad de la goleta, cuando hacia el sur, y a larga distancia, apareció un pequeño punto luminoso.

—Veremos qué es eso —murmuró el normando.

En aquel momento una mano se apoyó en sus hombros.

—¡Ah! ¿Sois vos, señor barón? —dijo, volviéndose—. Podíais haber dormido tranquilamente hasta el alba.

—He dormido demasiado —respondió el caballero—. ¿Qué significa ese punto luminoso?

—Presumo que será el faro de Deidjeli.

—¿Estamos ya en las costas africanas?

—Nuestras falúas corren más que las galeras.

—¿Vais a virar a babor?

—No, señor barón.

—¿Queréis ir a esa aldea?

—Sí.

—No tenemos ningún interés en ello.

—Intereses, no, pero la aproximación a Deidjeli nos proporcionará un buen pasaporte —respondió el fregatario con una sonrisa misteriosa.

—No os comprendo.

—Ya sabéis que las naves cristianas no osan entrar en los puertos berberiscos.

—No es cosa nueva.

—Pues para evitar que sospechen que vengo de un puerto italiano, francés o español, voy a entrar en Deidjeli, para probar a las autoridades de Argel que trafico con los berberiscos.

—¿Y qué vais a hacer en ese puerto?

—Cargar algunos cientos de esponjas. Es la época de la pesca, y además de proveerme de un buen certificado de mercader berberisco, haré un excelente negocio.

—No se puede negar que sois astuto.

—Se trata de salvar la piel. Señor barón, llevo en mi litera muchos vestidos moriscos. Poneos uno y haced que vuestro escudero se disfrace con otro. Si os viesen vestido de ese modo despertaríais sospechas. Mirad: hasta podríais disfrazaros de mujer.

—Prefiero pasar por hombre —respondió el barón, sonriendo ante tan extraña idea.

—Pues apresuraos. Antes de dos horas apuntará el alba y entraremos en el puerto.

—¿Conocen al *Solimán* en él?

—Me he aproximado otras veces, y estoy seguro de que mi entrada no despertará sospecha alguna. No es en Deidjeli donde se corren peligros, sino en Argel.

—¿No habéis descubierto las luces de las galeras?

—No, señor. O han hecho ruta falsa para evitar sorpresas, o se han remontado hacia el oeste antes de poner la proa a Argel. Conque, señor barón, id a cambiar de traje, y procurad que el disfraz sea completo.

Mientras el caballero bajaba al interior del barco, el normando había amainado algunas velas, porque no quería entrar en el puerto antes del alba. Sabía que había dos fuertes en la Punta del Caballo, y no quería exponerse a que le soltasen alguna descarga.

Apenas comenzaba a amanecer cuando el fregatario mandó desplegar sobre el palo mayor la bandera tunecina y puso la proa hacia la Punta del Caballo, por debajo de la cual, situadas en una profunda ensenada, se descubrían las blancas casitas de los moros, con sus amplias terrazas sombreadas por pintorescas palmeras.

El barón y Cabeza de Hierro habían subido sobre cubierta; el primero llevaba puesto un traje de moro berberisco, con casaca azul, ancha faja y amplios calzones. El catalán, en cambio, había tenido que embozarse en un enorme alquicel para ocultar su panza.

—¡Muy bien, señor barón! —dijo el normando, después de observarle durante un momento—. El traje morisco os sienta a maravilla. El de vuestro escudero puede despertar sospechas en los argelinos, pero, en fin, creerán que se trata de un caso de hidropesía.

—¡Pues ya verán ellos que pesa más mi maza que mi cuerpo!

—Dejad en paz a vuestra maza —replicó el normando— y permaneced tranquilo, si no queréis experimentar las delicias del sciamgat.

—¿Qué es eso? —preguntó el catalán.

—Un cierto suplicio que hace estremecerse a los propios moros que asisten al espectáculo.

—¡Misericordia! —exclamó Cabeza de Hierro—. ¡Debe de ser tremendo!

—Tanto, que las inmersiones en cal viva y los empalamientos parecen a su lado cosa de broma.

—¿Y vamos a Argel?

—No, por ahora vamos a Deidjeli. Mañana por la noche iremos a esa ciudad.

El valiente Cabeza de Hierro, el descendiente de los exterminadores de los infieles, se puso lívido y miró al barón, el cual estaba observando muchos puntos negros que corrían en todas direcciones por la bahía.

—¡Señor barón —dijo—, nos hemos vuelto locos!

—¡Valor, Cabeza de Hierro, o por lo menos procura ocultar el miedo!

—No, no tengo miedo. Sólo digo...

—¡Silencio! —replicó su amo.

Después, volviéndose hacia el normando, que miraba al panzudo catalán riendo maliciosamente, le preguntó:

—¿Son chalupas todos esos puntos negros?

—Sí, señor barón, son barcas tripuladas por pescadores de esponjas. Ahora comienzan a trabajar, y veremos a los buzos en la faena.

—¿Son negros?

—No, señor, esclavos cristianos.

—Debe de ser un oficio fatigoso.

—Y peligrosísimo, porque de vez en cuando algún tiburón se encarga de abreviar los trabajos de los pescadores.

—¿Se recogen aquí muchas esponjas?

—Sí, y tan hermosas que pueden competir con las que se pescan en las costas de Grecia y en las de Siria. ¡Eh, timonel! —interrumpió el normando—. ¡Maniobra con prudencia, no quiero cortar las amarras de aquella draga!

El *Solimán*, con la mayor parte de sus velas amainadas, avanzaba por la bahía, siguiendo la pequeña península del Caballo, la cual defiende al puerto de los vientos de Levante.

En aquel sitio encontraron ya las primeras barcas. Eran grandes chalupas tripuladas por una docena de hombres entre remeros y buzos, e iban mandadas por un argelino armado de todas armas y provisto de un látigo que de vez en cuando caía sin misericordia sobre el cuerpo desnudo de los esclavos, arrancándoles gritos de dolor.

Algunas chalupas pescaban con draga, una especie de red de hierro que, después de arrastrarse por el fondo de la bahía, se izaba fatigosamente a bordo, llena de fragmentos calcáreos, de fango y de esponjas.

Otras pescaban con buzos. Estos habilísimos nadadores se sumergían a plomo, llevando entre las piernas una enorme piedra, y armados con un cuchillo cortaban las esponjas, que subían a bordo.

También en aquella época la pesca de las esponjas, que hoy es tan productiva, se ejercía en todas las costas del Mediterráneo. Entonces se creía que estos productos consistían en plantas marinas, cuando, como todo el mundo sabe en la actualidad, están formadas por colonias de animálculos, de igual modo que el coral.

Curiosísima es, sin duda alguna, la producción de estas esponjas que tapizan el fondo del Mediterráneo, su lugar favorito, mientras en los otros mares, exceptuando el mar Rojo, se encuentran muy raras veces y en tan pequeña cantidad que no vale el trabajo de buscarlas.

Algunas se producen por gérmenes destacados de la esponja madre, los cuales, después de haber errado durante algún tiempo por la bahía a merced de las corrientes, se fijan en la base de un escollo, formando colonias que se desarrollan con prodigiosa rapidez.

Otras, en cambio, se, reproducen por gemas que asoman en la esponja madre, de igual manera que se forman en las plantas ramas y hojas.

También varían en la forma de su organización. Muchas se construyen dentro de un esqueleto y contienen cuerpos calcáreos y fragmentos silíceos llamados espiculi, los cuales forman el sostén de la gelatina viviente; otras, por el contrario, y son las de más valor, sin sostén de ningún género.

Es enorme la cantidad de esponjas pescadas todos los años. Las mejores son las que se hallan en la parte del Mediterráneo meridional. Las más buscadas son las que se pescan en las costas de Siria, y que suelen ser llamadas esponjas de Venecia; luego, las del archipiélago helénico, que llegan a alcanzar sesenta y setenta centímetros. En la actualidad se pescan también en la América austral, especialmente en el estrecho de Magallanes, pero no son tan bellas como las que se producen en el Mediterráneo.

Antes de ser puestas a la venta, todas las esponjas deben sufrir variadas preparaciones, pues casi siempre están mezcladas con conchas de moluscos, y además contienen en su interior arenas y guijarros. Hay que someterlas a un tratamiento especial por medio de ácidos para limpiarlas de tales impurezas.

En aquella pequeña bahía, la pesca parecía abundante. Las dragas, y también los buzos, las sacaban a centenares, ¡pero cuántas fatigas debían de experimentar aquellos desgraciados de tal faena! Un sol de fuego les quemaba las espaldas, ya amoratadas por surcos del látigo. Algunos de ellos solían salir a la superficie con los ojos inyectados por la asfixia y casi a punto de expirar.

—¡Y esos desgraciados son compatriotas nuestros! —dijo Cabeza de Hierro, que miraba con compasión a aquellos pobres esclavos.

—Todos son cristianos —respondió el normando—, y éstos son los más afortunados, porque al menos tienen una cabaña para descansar por la noche.

—¿Y los llamáis afortunados?

—Lo son, si tenemos en cuenta los tormentos que sufren los esclavos que están encerrados en los presidios.

—¡Cuántas infamias! —exclamó el barón—. ¡Y los Estados cristianos toleran estas cosas sin hacer un esfuerzo para acabar con los corsarios!

—Así es.

—¡Esperemos que no esté lejano el día de la expiación!

—Los berberiscos son muy desconfiados. Una sospecha germina pronto en su cerebro, aun cuando yo puedo siempre probar que estuve en Deidjeli, y una sospecha conduce al palo entre aquellas gentes.

—¡San Jaime nos proteja! —balbuceó Cabeza de Hierro, palideciendo—. ¡En buenas aventuras estamos metidos!

Comieron en el puente, a la sombra de las velas, y hacia las dos de la tarde el *Solimán* levaba anclas, saliendo ligero como una gaviota de la pequeña bahía.

El viento soplaba siempre de Levante y cada vez con mayor fuerza, de modo que la falúa pudo hacer una marcha rapidísima sin necesidad de reforzar las velas.

Algunos pequeños veleros berberiscos costeaban la rada, pero en cambio, en alta mar ninguna nave se veía, y eso que las galeras corsarias estaban siempre en acecho para sorprender a todas las naves de aquellas naciones que no habían hecho tratados vergonzosos con los jefes de Túnez, Trípoli, Argelia y Tánger.

Muchas bandadas de delfines y algunos peces espadas aparecían de vez en cuando a flor de agua, levantando remolinos de espuma.

Durante todo el día, el *Solimán* siguió la costa, sobre la cual aparecían aldeas y fortines; después, a la puesta del sol, se lanzó a alta mar para no ser visto por las galeras de guardia que durante la noche hacían crucero por delante de Argel para dar caza a los fregatarios o impedir las evasiones, bastante frecuentes, de los esclavos cristianos.

Como el normando había supuesto, apenas puesto el sol, una niebla espesísima se había esparcido por el horizonte, empujada por el viento de Levante; así es que la oscuridad era cada vez mayor.

—He aquí un tiempo precioso para ocultarnos en Argel sin que nos descubran —dijo el normando, mirando al cielo—. Que nadie encienda fuego con ningún pretexto, y yo respondo de todo. Dentro de cuatro horas entraremos en la rada.

Al oír esto, el barón se estremeció.

—¿Habrán llegado ya las galeras? —dijo con voz alterada.

—Indudablemente —respondió el normando—. Nos llevaban mucha ventaja.

—Entonces habrán hecho ya la repartición de esclavos.

—No lo hacen en el acto del desembarco; primero los llevan al presidio.

—¿Dónde encontrar a mi pobre Ida?

—¿Habláis de la condesa de Santafiora? —preguntó el normando.

—Sí.

—Veamos —dijo el fregatario después de algunos momentos de silencio—. Vuestro escudero me ha contado que la baronesa ha sido robada por un antiguo esclavo suyo.

—Es cierto.

—¿Cómo se llama?

—Zuleik Ben-Abend.

—Un príncipe moro, según me ha dicho Cabeza de Hierro. Pues, si es un personaje tan importante, la habrá conducido a su palacio; a menos que...

—¡Continuad! —dijo el barón.

—El bey recibe por su cuenta el diez por ciento de las presas de guerra, incluyendo en ellas los prisioneros. La condesa es hermosa, y sería fácil que los funcionarios del bey la hubiesen elegido para su señor.

—¿Cómo?

—Y en tal caso sería muy difícil sacarla de su harén.

—Zuleik no se la habrá cedido, porque la ama con locura.

—Nadie puede resistir a las órdenes de los agentes del bey, que tienen derecho de elegir entre los prisioneros.

—¡Me hacéis temblar!

—Yo no hago más que simples suposiciones, señor barón. Es posible que el príncipe moro, empleando su influencia, la conserve en su poder. En ese caso no será difícil encontrar pronto su palacio. No hay, pues, que desesperar; lo único que os recomiendo es que no pronunciéis una sola palabra italiana en presencia de los argelinos, y sobre todo, no cometáis ningún acto de imprudencia, suceda lo que sea, si no queréis malograr vuestra empresa. ¡Ah! ¡He aquí las galeras de guardia! Pasaremos a su lado sin que lo adviertan. ¡Ahora lo veréis.

Llamó a sus agentes e hizo que amarraran las velas latinas, sustituyéndolas con dos pequeñas velas de tela negra que se confundían con las tinieblas, y mandó hacer otro tanto con las del bauprés.

Después de realizada aquella maniobra, se puso en la barra del timón, pues no tenía confianza más que en sí mismo.

Cuatro puntos luminosos brillaban en el horizonte: eran las dos galeras de guardia, en crucero delante de la rada.

El normando examinó detenidamente su dirección, puso proa al viento y se lanzó adelante con su falúa, la cual, siendo baja de casco y llevando las velas negras, no podía ser descubierta.

Con tres amplias bordadas pasó silenciosamente a trescientos metros de las galeras, que cruzaban hacia el cabo Abalife, sin que las tripulaciones berberiscas le hubiesen descubierto; luego embocó la rada por entre un gran número de veleros anclados.

Se arrojó en medio de todas aquellas naves, galeras de guerra, goletas, galeones y galeras mercantes, y fue a echar el ancla entre dos chalupas.

Aquella difícil maniobra se había realizado con tal prontitud y con tal silencio, que nadie había reparado en ella.

—¡Henos aquí en el corazón de la plaza! —dijo el bravo marino—. ¡Podemos dormir tranquilos, al menos por esta noche!

CAPÍTULO X. Las panteras de Argel

En el siglo XVI, la plaza de Argel era la fortaleza más formidable, el centro del poder de los berberiscos y la que inspiraba mayor terror a todos los habitantes de los estados cristianos del Mediterráneo.

La moderna Argel, convertida casi en una ciudad europea, fuera de la mezquita y de la Casbah, recuerda bien poco la ciudad antigua. Fortalezas poderosas, al menos para la artillería usada en aquella época, la defendían por todos lados, haciendo casi imposible el asalto, y llenaban su rada flotas numerosas, tripuladas por los más intrépidos corsarios del Mediterráneo, ávidos de saqueo y, sobre todo, de sangre cristiana.

En aquel tiempo contaba con espléndidos edificios, desaparecidos más tarde. Palacios grandiosos que rivalizaban con los de Córdoba y Granada; mezquitas soberbias que alzaban hasta el cielo sus esbeltos alminares; bazares opulentos, donde se encontraban todos los productos de Europa, de Oriente y de la India; millares de casas cubiertas de terrazas sombreadas por palmeras y presidios inmensos, destinados a los esclavos cristianos; verdaderos lugares de martirio, donde miles de prisioneros de guerra italianos, españoles, franceses y griegos languidecían años y años.

El de Ben Sei podía contener veinticinco mil prisioneros, pero no estaba en Argel. El de Pasisi era el más espacioso, y seguían el de Alí Mani, capitán general de las galeras; el de Hadi-Hasán, y, finalmente, el de Santa Catalina, llamado de este modo porque los templarios, mediante un crecido tributo, habían podido crear en él una capilla.

En cambio, Túnez sólo tenía nueve presidios. Dos de ellos llevaban el nombre de Jusaff Bey; otros, el de Mirat Bey, de Solimán, de Jansi y de Cicala, propiedad este último del renegado de que hemos hablado antes.

En Trípoli sólo había uno, pero enorme, capaz de contener cincuenta mil prisioneros; y los de Salé eran los más horribles, porque consistían en calabozos socavados a cuatro o cinco metros bajo la superficie del suelo y que sólo recibían el aire y la luz por una estrecha hendidura, delante de la cual velaba día y noche un centinela.

Pero el mercado principal de los esclavos era Argel, en cuyos presidios no había menos de veinticinco mil prisioneros y dos mil mujeres, robadas en su mayor parte en las costas de Cerdeña, Sicilia, Nápoles y Toscana.

Así, puede decirse que los otros estados berberiscos, como Trípoli, Marruecos y Túnez, dependían exclusivamente de Argel; y esto era natural, porque ninguno de aquellos estados, fundados sobre la violencia y sobre el desprecio del derecho de gentes, poseía flotas tan numerosas y tan potentes como las del bey, que si lo hubiera deseado habría podido disputar la primacía de los mares al propio sultán de Constantinopla.

Precisamente en la época en que ocurrían los acontecimientos narrados por nosotros, Argel había llegado a la cumbre de su poder, haciendo temblar a todas las otras naciones del Mediterráneo e infligiendo a Europa entera la humillante afrenta de ejercer una verdadera supremacía marítima y un derecho al saqueo que sólo era posible evitar pagando enormes tributos.

Sus poderosas flotas dominaban por completo el Mediterráneo, impidiendo el comercio, invadiendo repentinamente sus mal guardadas costas y cayendo, por último, sobre las ciudades y villas para conducir como esclavos a sus habitantes, los cuales sólo podían rescatarse mediante cierta cantidad, que no todos los prisioneros estaban en disposición de pagar.

Los que sufrían más con este estado de cosas eran los reyes de Cerdeña y de Nápoles, de Toscana, Génova, Venecia y el estado romano, los cuales no tenían tratados permanentes con el bey berberisco. En todas partes eran asaltados sus navíos con una audacia increíble, y hasta los estados de Europa no se hallaban a cubierto de estos golpes cuando sus reyes retardaban o mostraban resistencia a pagar los tributos.

Parece verdaderamente imposible que las potencias europeas no hubieran llegado a un acuerdo para reunir sus fuerzas y destruir con un golpe mortal a todos aquellos bandidos de los mares.

No obstante, aquella vergüenza no debía desaparecer hasta después de tres siglos, cuando Venecia, ya en el ocaso de su gloria, que había sostenido tantas luchas con los turcos, les dio el primer golpe, haciendo que Angelo Emo bombardeara Trípoli.

Pocos lustros más tarde, el Piamonte daba el segundo, bombardeando también a Trípoli, desembarcando en la bahía y obligando a aquel bey a una paz duradera y a la supresión definitiva de los corsarios.

***

Con la conquista francesa de Argelia, los últimos piratas del Mediterráneo, después de haber causado tantos daños a las potencias europeas, desaparecían para siempre.

La voz del muecín de la vecina mezquita resonaba en los aires, invitando a los fieles a la plegaria matutina, cuando el normando penetró en la cámara del barón, diciéndole con tono alegre:

—Podemos desembarcar con entera seguridad. Nadie nos ha prestado atención, ni siquiera nuestros vecinos, los cuales creen que hemos cambiado de puesto para estar más próximos al muelle. Echaos encima una capa, ocultad en la cintura un par de pistolas y un puñal, y seguidme. Iremos a buscar a cierto sujeto que vive en Argel hace ya cuatro años y que pasa por un ferviente musulmán, cuando en realidad es un verdadero católico.

—¡Vamos!

—Tenéis el semblante muy abatido. Cualquiera diría que no habéis cerrado los ojos esta noche.

—Es cierto —respondió el barón.

—Comprendo la causa, señor. ¡Ella está aquí!

El barón inclinó la cabeza, suspirando.

—¡Y quién sabe cuándo la encontraremos! —dijo después.

—¡No hay que abatirse tan pronto! Aquí, nosotros, los fregatarios, tenemos más amigos de lo que la gente supone, y muy poderosos algunos. Entre ellos cuento con un jefe de los derviches, un sacerdote musulmán, a quien iremos a ver para evitar que se sospeche de nuestra fe. Es un mirab.

—¿Y Cabeza de Hierro?

—Vendrá con nosotros. No quiero dejarle aquí. Es demasiado charlatán, y una palabra imprudente puede perdernos. Os aguardo sobre cubierta.

Cinco minutos después el barón y el catalán, embozados en amplios alquiceles de lana blanca, se reunían con el normando. El heroico Cabeza de Hierro parecía haber perdido todo su valor y abría los ojos desmesuradamente.

—Me parecéis un poco conmovido, señor Cabeza de Hierro —le dijo el normando, ofreciéndole una taza de café.

—Es cierto —contestó ingenuamente el catalán—. Debe de ser que el aire de Argel me produce una especie de irritación nerviosa.

—¿De modo que no es miedo?

—¿Miedo? ¿De quién?

—De los argelinos.

—¡Ya me veréis en el momento del peligro!

—Pues sed prudente, por ahora al menos.

—¡Ah, nada temáis! —dijo el barón—. ¡Cabeza de Hierro estará más tranquilo que un conejo domesticado!

El normando hizo una seña a sus marineros. Era el momento de la oración matutina, y en los alminares y en la toldilla de todos los buques anclados en el puerto se oían los gritos de los almuédanos y de las tripulaciones invocando la protección de Mahoma.

El normando, a quien interesaba mostrarse como creyente convencido, se arrodilló sobre un tapiz, siendo imitado por todos los demás. Luego se volvió hacia Oriente y entonó la oración con voz poderosa, para que le oyesen de todas partes.

—¡No hay más Dios que Dios, y Mahoma es su Profeta! ¡Alabado sea! ¡El separa el grano de la espiga; la simiente, del dátil! ¡El hace brotar de la vida la muerte, y la muerte de la vida! ¡El separa la aurora de las tinieblas, y consagra al reposo la noche! ¡Alá es grande!

Después se lavó las manos y los brazos hasta el codo, la cara hasta las orejas y los pies hasta los tobillos. Los demás imitaron más o menos exactamente todas estas operaciones.

—Ahora que hemos recitado nuestra plegaria y hecho nuestras abluciones como verdaderos musulmanes, podemos desembarcar —dijo el normando—. Nadie dudará ya de nuestra fe.

Se puso en la faja un par de pistolas y un yatagán, hizo arrojar una tabla sobre el muelle, y bajó por ella, seguido por el barón y Cabeza de Hierro, que se tambaleaba y hacía esfuerzos inauditos para mantenerse derecho.

Argel, la opulenta ciudad de los berberiscos, se extendía por enfrente del puerto, con sus cúpulas, con sus infinitos alminares, que se destacaban pintorescamente sobre el azul del cielo, con sus casas blanquísimas y sus palmeras, que ondulaban graciosamente a impulsos de la brisa matutina.

Todas las calles y callejuelas que conducían hasta la Casbah, la sólida e imponente fortaleza residencia del bey, asentada de una manera amenazadora en la cúspide de la ciudad, estaban ya cuajadas de gentes, asnos, caballos, camellos y dromedarios, que descendían hacia el puerto.

Era un río humano lo que desembocaba de todas aquellas avenidas, corriendo hacia el muelle, donde ya las tripulaciones de los buques desembarcaban verdaderas montañas de mercancías, prontas para ser transportadas al interior por el desierto y por las regiones ecuatoriales.

Todo el mundo musulmán estaba representado en aquella muchedumbre. Se veía pasar, envueltos en amplios alquiceles de lana de cabra, a los cabileños, los más terribles y belicosos hijos de Argelia, que doscientos años más tarde debían oponer tan obstinada resistencia a los franceses y adquirir tanto renombre; moros de aspecto majestoso, envueltos en sus ricos albornoces blancos; árabes de larga barba y de facciones acentuadas, con ojos negrísimos y centelleantes, que denotaban indómito valor; tuaregs del Sáhara, con sus trajes negros; felahs indolentes con la frente inclinada sobre el pecho; turcos resplandecientes de oro y plata, y, por... último, negros de todas las razas del interior, que reían alegremente, haciendo brillar dos hileras de blancos dientes.

De cuando en cuando, aquel río humano se desplazaba para dejar paso a las inmensas filas de camellos que se rendían bajo su carga, o a las interminables recuas de asnos, no menos cargados, a quienes los esclavos negros apaleaban sin compasión.

Aquel río volvía a seguir su cauce; pero de nuevo se detenía entre un griterío ensordecedor, acompañado de una tempestad de imprecaciones y lamentos de dolor. Eran filas de esclavos cristianos procedentes de los presidios, que llegaban al puerto encadenados, entre un fragor espantoso que hacía temblar al pobre Cabeza de Hierro.

El normando hizo atravesar a sus compañeros por en medio de aquella multitud, dirigiéndose hacia los barrios altos, donde no había tanto movimiento.

—No es prudente agitarse entre esta multitud —murmuró el normando al oído del barón—. Es posible tropezar con algún turco que le denuncie a uno como le ocurrió a aquel pobre amigo mío de Mallorca.

—¿Adónde me conducís?

—Ya os lo he dicho: a la mezquita. Hoy es miércoles, y los derviches danzan estúpidamente en honor de Mahoma. Mi amigo forma parte de esa cofradía, y de este modo pasa por una especie de santón. Nadie le tomará por un cristiano que ha salvado ya centenares de esclavos.

—¿Podemos esperar que nos preste ayuda?

—Es un hombre influyente, que tiene entrada en la Casbah y que goza de gran veneración.

—Pues no hay que escatimar el dinero.

—Con él no lo necesitamos. Es un exemplario que se sacrificó por los cristianos, sin pedir nada por sus servicios. Le basta con librar de manos de los berberiscos el mayor número de esclavos y volverlos a su patria. Un verdadero héroe, un hombre admirable, señor barón.

—¿Le encontraremos en la mezquita?

—De fijo.

—¿Y podremos hablar con él?

—Yo le haré señas de que tengo necesidad de hablarle.

—¿Y dónde podremos verle?

—En su ermita esta noche.

—¿Estará solo?

—Si viviese en un teké,[4] no podría recibir a nadie sin despertar sospechas. En cambio, en su ermita puede recibir a quien le convenga, porque allí no hay testigos.

En aquel momento entraban en una callejuela que conducía a la mezquita. Aunque era estrechísima, como lo eran entonces casi todas las vías de las ciudades berberiscas, también estaba llena de moros, de marroquíes, de tunecinos y de negros que se agrupaban delante de tiendas oscuras repletas de confituras secas, de tapices de seda de Rabat, de cachemires de Persia y de cueros y pieles procedentes de todos los países.

Después de dar muchos codazos, el normando había conseguido abrirse paso, cuando una oleada de gentes desembocó por una calle lateral, gritando furiosamente:

—¡Dal ah! ¡Dal hi! ¡He aquí al cristiano!

—¿Qué hacen? —preguntó el barón en voz baja, impresionado por la palidez que se había extendido por el rostro del normando.

—No lo sé —respondió, arrastrando a sus compañeros hacia los muros de una casa—, pero nada bueno, de seguro. Parece que han olfateado a algún cristiano, que quizá haya tratado de huir. ¡No quisiera encontrarme en la piel de ese desgraciado!

Viendo a corta distancia un arco semiderruido, pero sostenido aún por dos columnas, se acercó a él y ayudó a subir a sus amigos sobre las ruinas; empresa un poco ardua para Cabeza de Hierro, al cual era difícil izar.

La multitud continuaba reuniéndose en la callejuela y seguía gritando:

—¡Paso! ¡Paso! ¡Aquí está el cristiano!

Aquella muchedumbre parecía furiosa y exaltada. Moros, turcos, negros, cabileños y marroquíes gritaban como bestias feroces y rugían como hienas, agitando los brazos, armados de cimitarras y yataganes.

4 Convento de los derviches.

—Señor —dijo Cabeza de Hierro, que estaba más pálido que la muerte—, ¿va eso con nosotros?

—¡Calla! —le dijo el barón.

—Parece que se trata de algún suplicio —añadió el normando—. Debe de ser algún cristiano que ha intentado fugarse.

—¿Qué le harán?

—Castigarle con tormentos horribles. El año pasado un compatriota mío, Guillermo de Pornie, huido del presidio de Salé y capturado en el campo, fue azotado ferozmente; después le cortaron las orejas e hicieron que se las comiese.[5]

—¡Cuánta infamia!

—Hablad bajo, señor barón, porque podrían oíros. ¡Ah! ¡Por la muerte de Judas! ¡Vámonos, si podemos! ¡No podríais resistir tan atroz espectáculo!

—¿Qué decís?

—¿No oís los gritos de ¡Sciamgat! ¡Sciamgat!? ¡Cómo habrá de sufrir ese pobre mártir!

—¿Se trata de un suplicio espantoso?

—¡El más horrible de todos!

—¡Es imposible dejar este puesto! —replicó el barón—. ¡Sería preciso saltar sobre las cabezas de la muchedumbre!

—Recomendad a vuestro escudero que no deje escapar ningún grito de reprobación. Nada podremos hacer en auxilio de ese infeliz. Si no queréis ver, cerrad los ojos.

—¿Has comprendido, Cabeza de Hierro? —dijo el barón—. Si dejas escapar un solo grito, nos pierdes a todos.

—Seré mudo como un pez —murmuró el catalán—. ¡Si tuviera aquí mi maza!

El río humano se había detenido, estrellándose contra los muros e invadiendo hasta las tiendas, a pesar de las protestas de los mercaderes.

---

5   Histórico.

Algunos genízaros, armados con látigos, abrían paso entre el populacho a un camello, en el cual iba un hombre de tez blanca, medio envuelto entre denso humo y que lanzaba aullidos de dolor.

Era el cristiano condenado a sufrir el sciamgat, uno de los más horribles suplicios inventados por la fantasía diabólica de los jueces musulmanes.

Este tormento consistía en colocar sobre el lomo de un camello una vasija de arcilla repleta de materias inflamables. Sobre esta vasija obligaban a sentarse al condenado, que estaba fuertemente encadenado. Los verdugos le rociaban el cuerpo con resina. Apenas pronunciada la sentencia, se encendían las materias inflamables, y el camello, con su horrible carga, era conducido por las calles y las plazas entre los gritos de la canalla.

Los sufrimientos del condenado quemado a fuego lento eran tan atroces que le arrancaban rugidos de fiera, y duraban mucho tiempo, porque la muerte llegaba con lentitud.

Este espantoso suplicio permaneció en uso hasta fines del siglo XVII, y la última que lo sufrió fue una mujer llamada Gunidyah, que habla cometido innumerables asesinatos.

El cristiano a quien los berberiscos infligían tan tremendo castigo era un hombre vigoroso, el cual se debatía con furor desesperado, lanzando gritos espantosos, que salían de sus labios contraídos por el dolor más tremendo.

El barón, pálido como la muerte, había cerrado los ojos, mientras sus manos acariciaban la culata de las pistolas. Si el normando no le hubiera sujetado con fuerza, probablemente habría cometido una locura.

—¡Monstruos! —murmuró—. ¡Y no poder caer sobre ese canalla!

El normando, erguido sobre la columna, con los labios contraídos por la ira, también acariciaba el puño de su yatagán, y parecía que realizaba enormes esfuerzos para no arrojarse en auxilio de aquel infeliz, cuyas carnes quemadas exhalaban un olor nauseabundo.

Viendo a un beduino subirse a su lado para ver mejor, el fregatario alzó el pie para aplastarle la cabeza, pero el miedo de comprometer a sus amigos le contuvo. Así, pues, se volvió hacia el infiel, preguntándole:

—¿Quién es ese hombre que sufre el sciamgat?

—Un esclavo cristiano —replicó el beduino, que había conseguido sentarse en el capitel.

—¿Y qué ha hecho para que le condenen a tan bárbaro suplicio?

—Asesinar a su amo y huir.

—¿Y quién era su amo?

—Alí El-Tusí; un moro que no era muy compasivo con sus esclavos.

—¡Un perro peor que el cristiano! —dijo el normando imprudentemente.

El beduino le miró, arrugando la frente.

—Ese perro es un ferviente musulmán —dijo con voz áspera—. ¿Acaso tú no lo eres?

—El Profeta no tiene un creyente más fanático que yo —se apresuró a decir el fregatario, que quería reparar la torpeza cometida—, y todos lo saben, incluso el maraut y el jefe de los derviches girantes. Solamente digo que también los cristianos son hijos de Dios, y que no debía atormentárseles tanto.

—Son infieles y no merecen compasión —replicó el beduino, encogiéndose de hombros.

Dicho esto le volvió la espalda y concentró toda su atención en el horrible espectáculo. El normando, que estaba arrepentido de su imprudencia, advirtió que el beduino le miraba con el rabillo del ojo de vez en cuando.

Entonces se acercó al barón, diciéndole al oído:

—Vámonos, señor; acabo de cometer una verdadera bestialidad.

Y el normando, aprovechando el momento en que la muchedumbre se precipitaba detrás del camello, se deslizó por la otra parte del arco, seguido por el barón y Cabeza de Hierro.

Todos se apresuraron a entrar en una callejuela.

Al llegar a ella se volvió el fregatario, temiendo que el beduino les siguiese.

—¡Bah! —dijo—. Al vernos entrar en una mezquita se convencerá de que somos verdaderos creyentes.

Iba a atravesar con sus compañeros otras muchas calles, y por fin llegaron a una plaza, en medio de la cual se alzaba una vasta mezquita coronada por cuatro esbeltos alminares con cúpulas doradas.

—Entremos —dijo el barón—. ¿Y Cabeza de Hierro?

CAPÍTULO XI. Los derviches girantes

Las mezquitas musulmanas, llamadas mescid (lugar de oración), se asemejan todas, salvo su extensión, y en la altura de sus alminares. Algunos de éstos, como, por ejemplo, el de la mezquita de Brussa, es de doscientos veinte pies de altura, y debía de producir vértigos al muecín encargado de llamar a los fieles a la oración tres veces al día.

Son estos edificios de forma cuadrada, con un vestíbulo donde se encuentra todo lo necesario para las abluciones, que forman parte muy importante del culto mahometano.

El interior está compuesto de una sola sala. Las paredes no tienen ninguna imagen, ni siquiera la de Mahoma, pues él ha prohibido las representaciones de objetos animados o inanimados. Sólo se ven en ella arabescos y versículos del Corán, trazados estos últimos en grandes caracteres. Únicamente en un ángulo se ve un nicho, hacia el cual dirigen su adoración los fieles.

Cuando, después de haber dejado en el vestíbulo los zapatos, el normando y sus compañeros entraron en la sala, que se encontraba ya repleta de una multitud de devotos, esperando a los derviches girantes o danzantes. También estaban llenas las galerías superiores, circundadas por gradas doradas, que se reservaban para las mujeres.

En el nicho, un viejo derviche de larga barba salmodiaba con voz lenta y monótona versículos del Corán. Cerca de él, suspendidos en la pared, había muchos cuchillos de todas dimensiones, cimitarras, yataganes, largas hachas, garfios; en suma, un verdadero arsenal de tortura.

El barón se había acercado al normando.

—¿Para qué sirven esas armas? —le preguntó al oído—. ¿Para atormentar a los cristianos?

—No, tranquilizaos, serán los derviches los que se martirizarán.

—¿Y ese viejo?

—Es su jefe, el amigo de quien os he hablado: un gran mirab.

—¿Y él va a ayudarnos en nuestra empresa? —preguntó, atónito, el barón.

—Os parece un fanático musulmán, ¿no es cierto?

—Nadie diría que es un cristiano.

—Y al propio tiempo un maltés de pura sangre, uno de los vuestros. Aquí vienen los derviches, que hacen su entrada.

—¿No os dais a conocer al viejo?

—En el momento oportuno me encontrará al paso. Basta una señal para que comprenda que tengo necesidad de él.

Doce hombres con grandes barbas y largos cabellos sueltos, cubiertos con amplios ropones azules que les caían hasta las rodillas, y con los pies desnudos y sucios, entraron en la sala y ocuparon el espacio que dejaban libre los fieles.

Eran los derviches girantes o danzantes, como se quiera decir, extraños individuos que alcanzan el paraíso de Mahoma a fuerza de danzas y de atormentarse el cuerpo de mil maneras, con un fanatismo inaudito y repugnante. Tales individuos son hombres muy respetados por todos los mahometanos y reputados como santos por el pueblo ignorante.

Constituyen corporaciones religiosas que parecen ser antiquísimas, ya que fueron organizadas por Dielalud-din Meulauna y por Ahmed Bonfai en el año 1270, y aun eran muy poderosas hace poco tiempo, pues poseían gran número de monasterios. El más importante de ellos era el de Constantinopla, que se levanta entre Pera y Gálata.

Los doce derviches, que ya parecían presa de la mayor excitación, producida quizá por alguna fuerte dosis de haschis, se colocaron en círculo, salmodiando versículos del Corán y dando algunos pasos hacia atrás y hacia adelante, con los ojos fijos en el mirab, que continuaba sus plegarias. Salmodiaban con voces extrañas, variando el tono de momento a momento, hasta llegar a transformarse en verdaderos clamores salvajes. Se veía que, antes de excitarse con la danza, aquellos hombres querían excitarse con la voz.

—¿Son locos? —preguntó Cabeza de Hierro, que no comprendía nada de tan extravagante ceremonia.

—¡Silencio! —dijo el normando, haciéndole un gesto amenazador—. ¿Queréis perdemos?

Por algunos minutos, los derviches continuaron cantando en voz cada vez más alta, invocando a Alá y a Dielalud-din, el fundador de la Orden, pero luego permanecieron inmóviles y silenciosos, con la boca abierta y los ojos dilatados, fijos en la cima de la cúpula.

Algunas notas ligeras y tímidas, que parecían salir de una flauta, se oyeron repentinamente en un ángulo oscuro de la mezquita, acompañadas poco después por los sonidos graves de un trombón.

Parecía como si aquella música, que se aceleraba poco a poco, hubiese puesto azogue en las piernas de los derviches. Todos, con uniformidad admirable, habían empezado a saltar, girando sobre sí mismos con una rapidez vertiginosa. Entonces volvieron a cantar, gritando a voz en cuello: ¡Alá, ¡la, Alá.' Al verlos, cualquiera hubiese dicho que estaban acometidos de un verdadero frenesí de locura. Gemían, saltaban, aullaban y rugían como bestias feroces. El sudor goteaba de su rostro, y sólo se detenían de vez en cuando para besar la tierra y para lanzar un grito más agudo, girando en aquella danza frenética, que parecía no tener fin.

De pronto, uno de ellos, acometido de loco furor, se lanzó hacia el mirab, inclinándose delante de él; después empuñó una cimitarra, sacó la lengua y se la cercenó, lanzando un rugido de fiera.

Los otros, animados por el ejemplo, no quisieron mostrarse menos devotos, y corrieron a armarse de puñales, hachas, yataganes y garfios, hiriéndose la frente, los brazos y las piernas. Algunos llevaron su furor hasta el extremo de producirse con hierros candentes quemaduras horribles. Corría la sangre, y un nauseabundo olor de carne quemada se esparció por la mezquita; pero aquellas furias giraban sin descanso; giraban hasta que uno después de otro, jadeantes y con los labios cubiertos de espuma, cayeron al suelo, sacudidos por las más tremendas convulsiones.

Los fieles gritaban entusiasmados por todas partes, alzando los brazos al cielo: ¡Melbons! ¡Melbons! (¡Milagro! ¡Milagro!).

El barón, acometido de náuseas, cogió al normando por el brazo, diciéndole:

—¡Vámonos, no puedo más!

—¡Sí, dejemos que mueran solos! —añadió Cabeza de Hierro—. ¡No tengo deseo de asistir a su agonía!

—¿A qué agonía? —replicó el normando—. Mañana volverán a danzar en otra mezquita. Tienen la piel dura esos hombres.

—¡Vámonos! —insistió el barón.

—Aguardad un momento. El viejo mirab todavía no ha contestado a mi señal. Esperemos a que pase por delante de nosotros y nos vea.

Mientras los fieles llevaban fuera a los derviches, gritando siempre ¡melbons!, el viejo había salido de su hornacina, abriéndose paso entre la muchedumbre que llenaba la mezquita.

El normando se puso en primera fila, para verle mejor.

Cuando el mirab, que volvía la cabeza a derecha e izquierda, llegó a pocos pasos del fregatario, fijó en él sus ojillos grises, y un rápido gesto contrajo su rostro.

El normando hizo una seña llevándose la mano a la frente. El mirab contestó a ella acariciándose la barba, y luego desapareció por una puertecita que se abría en la extremidad de la mezquita.

El normando salió del templo acompañado por el barón y el catalán. En aquel momento, la plaza estaba casi desierta.

—El mirab ha contestado a mi seña —dijo el fregatario alegremente.

—¿Y cómo ese maltés ha podido llegar a ser un jefe de los derviches?

—Haciéndose antes pasar por un derviche mendicante llegado de la Meca —respondió el normando—. Primero había sido esclavo en Trípoli, de cuyo presidio se fugó al cabo de tres años de encierro. Conmovido por los tormentos infligidos a los pobres cristianos, en vez de tornar a su patria, se hizo conducir aquí, fingiéndose marabut, es decir, una especie de santón práctico en la lengua de los berberiscos y práctico también en las ceremonias religiosas del islamismo. No le fue difícil pasar por un ferviente musulmán, llegar a derviche y, por último, a mirab, título que ha alcanzado recientemente.

—¿Y de qué le ha servido tanto sacrificio?

—Pues para libertar a infinidad de cautivos.

—¡Es un hombre admirable! —dijo el barón—. ¿Y nadie ha sospechado de él?

—No, señor. Es la prudencia misma.

—¿Podrá auxiliarnos?

—De fijo. Nos pondrá sobre las huellas de Zuleik y de la condesa, por lo tanto. Las puertas de la Casbah no están cerradas para ese hombre.

—¿A qué hora le veremos?

—A media noche.

Ya iban a dar vuelta a un ángulo de la plaza, cuando tropezaron con cuatro negros de estatura atlética, vestidos con trajes chillones y armados de alabardas que agitaban sin cesar, gritando con voz robusta:

—¡Bal-ak! (paso).

Detrás de ellos iban otros cuatro, los cuales llevaban sobre sus robustos hombros una rica litera resguardada con una enorme sombrilla de seda azul.

Muellemente recostada en cojines de seda iba una dama, que debía de ser hija de algún rico moro, a juzgar por la esplendidez de su traje, ceñido a la cintura por una faja de terciopelo azul, y por los brazaletes de oro que llevaba en las muñecas.

Viendo los negros que el normando y sus compañeros no se retiraban pronto, se lanzaron sobre ellos con las alabardas alzadas.

—¡Cuidado! —dijo el normando, que no era hombre capaz de dejarse intimidar por nadie—. ¡La derecha es nuestra!

—¡Largo! —gritó el esclavo que precedía a los demás, lanzándose sobre él.

El fregatario respondió con un puñetazo tan formidable, que el pecho del negro retumbó como un tambor.

Otro esclavo iba a caer encima de él, cuando el barón le cerró el paso. Agarrar al coloso y derribarlo en tierra, fue obra de un momento.

Al ver rodar al negro, la dama soltó una carcajada.

Pero los otros negros, avergonzados de verse detenidos por aquellos hombres, habían depositado en tierra la litera para correr en auxilio de sus compañeros. Ya iban a lanzarse sobre sus adversarios, cuando la dama los detuvo con un gesto imperioso.

Dejó caer lentamente el velo blanco que le cubría el rostro y miró con sus ojos negrísimos al barón, el cual se preparaba animosamente a sostener el choque.

La hermosura de aquella dama era deslumbradora. Permaneció durante algunos momentos contemplando al barón; después abrió los labios con una graciosa sonrisa, mostrando dos filas de dientes menudos y blancos como el marfil, y luego de indicar a sus gentes que siguiesen el camino, hizo al joven con la mano una ligera señal de despedida, al propio tiempo que el convoy desaparecía en dirección de la mezquita.

—¡Cuidado, señor barón! —dijo el normando—. ¡Estas moras son muy peligrosas!

—¿Qué queréis decir? —preguntó el joven.

—Que vuestra apostura ha impresionado a esa mora. Una mujer mora, árabe o turca, no comete nunca la imprudencia de bajar el velo, especialmente en medio de la calle.

—¿Quién será esa mujer?

—Una gran dama, a juzgar por sus riquezas. Nunca vi ojos más hermosos, ni rostro tan perfecto.

—¡Sólo faltaba ahora que esa mujer se enamorase del barón! —gruñó Cabeza de Hierro—. ¡Hartos peligros corremos ya!

—¡Vamos! —dijo el barón—. Argel es grande, y ciertos encuentros no se repiten.

—¡Quién sabe! —respondió el normando.

Volvieron a emprender el camino, subiendo hacia la Casbah, cuyos bastiones dominaban la ciudad, amenazándola con su formidable artillería.

—Es la hora de almorzar —dijo el normando—. Aquí cerca hay una miserable posada de un renegado, donde podremos beber buenos tragos de vino sin temor al Profeta y hablar con libertad, porque el renegado, aunque aparece como un ferviente musulmán, sigue siendo cristiano.

Atravesaron dos o tres callejuelas, y se detuvieron delante de una casa blanca, casi en ruinas, que por un milagro de equilibrio se sostenía en pie.

Ya estaban a punto de penetrar en el vestíbulo, cuando el normando se detuvo, haciendo un vivo gesto de sorpresa que revelaba gran emoción.

—¿Qué os pasa? —dijo el barón, viéndole arrugar la frente.

—¡O mucho me engaño, o es él! —replicó el normando después de un momento de silencio.

—¿Quién?

—¿Habéis observado a aquel beduino con quien cambié algunas palabras en el momento en que pasaba el infeliz condenado a sufrir el sciamgat?

—Sí —replicó el barón.

—Pues hablando con él no pude contener mi indignación por la crueldad de los berberiscos.

—Fue una imprudencia.

—Lo sé, señor barón. Pues bien. temo que ese hombre nos haya seguido para convencerse de si somos o no verdaderos musulmanes.

—¿Y dónde le habéis visto?

—Acaba de desaparecer entre aquellas ruinas. No estoy seguro de que sea él, pero tiene la misma estatura, el mismo turbante...

—¡Vamos a buscarle!

—Eso sería peor, porque le confirmaría en sus sospechas.

—¿Qué hacer entonces?

—En aquel instante se oyeron en todos los alminares de la ciudad las voces de los muecines.

—¡El mediodía! —dijo el normando—. ¡Mostremos a ese beduino, que debe estar espiándonos, que hacemos nuestras oraciones como buenos islamitas!

Se arrojaron de rodillas en tierra y repitieron la ceremonia de la madrugada.

—Ahora podemos entrar más tranquilos —dijo el normando.

Y penetraron en la casucha del renegado.

CAPÍTULO XII. Ataque nocturno

Era una miserable barraca con los muros casi derruidos, por más que en otros tiempos debió de ser muy vasta y hasta hermosa. Pero a la sazón todo estaba en ruinas o poco menos, y yacían amontonados en desorden columnas, capiteles y arcadas del más gracioso estilo árabe.

El renegado, hombre de tez morena y aspecto poco tranquilizador, había logrado hacer en aquellas ruinas una vivienda habitable, y hasta la había adornado con algunas plantas de áloe, que perfumaban el ambiente.

El normando y él, que se conocían de antiguo, se estrecharon la mano, sonriéndose y mirándose con un gesto que revelaba una perfecta inteligencia entre ambos.

—¿Vienes a intentar un nuevo golpe? —preguntó el renegado.

—Tengo una carga de esponjas que vender —respondió el normando, riendo.

—¿Y algún individuo que llevarte? —dijo el renegado—. Pues abre el ojo y ponte en guardia. Hace pocos días han quemado a un hombre vivo.

—¿Un fregatario? —preguntó el normando.

—Un siciliano, a quien sorprendieron en el bazar. Parece que trataba de salvar a un caballero aragonés preso en las Baleares por los corsarios.

—¡Qué el infierno cargue con todos esos perros rabiosos! —dijo el normando—. Pero trae algo de comer, y sobre todo de beber, y que no sea agua. Tú sabes que la religión mahometana prohíbe el uso de las bebidas fermentadas.

—Tanto, que todas las noches voy a dormir con las piernas torpes y la cabeza pesada —respondió el renegado—. Pero también bebe y se emborracha Culquelubi.

—¿Qué hace esa pantera?

—Pasar el tiempo entre azotar a sus esclavos y vaciar barriles de vino de España y de Italia.

—¡Si pudiesen matarle!

—En eso se piensa —dijo el renegado, haciendo un gesto de amenaza—. ¡La pantera morirá pronto!

Entró en una sala que estaba detrás del vestíbulo y volvió a salir llevando un cordero asado, aceitunas y pescados, sin contar un respetable frasco.

—Señor barón —dijo el normando—, comed y hablad con libertad en vuestra lengua. Estamos solos, y el tabernero no es hombre capaz de engañarnos. Si ha renegado de su fe para salvar la vida, en el fondo sigue siendo buen cristiano.

—¿No podrá darnos noticias de Zuleik?

—No es posible, pues no se atreve a bajar a la ciudad. Su condición de renegado no le libra del odio de los moros. El único que podrá averiguar algo es el mirab. Tened paciencia, y esperaremos a la noche.

—Ahora ya se puede tener paciencia —dijo Cabeza de Hierro, mirando con deleite el frasco del licor—. ¡Excelente vino, señor barón, no he bebido más rico jerez en Cataluña!

—¡Tened cuidado con él, amigo Cabeza de Hierro, porque podría darnos un disgusto!

—¡Me da ánimo! —replicó el catalán.

Pasaron el día entero charlando, fumando y bebiendo y aguardando pacientemente a que pasaran las horas.

No obstante, el barón permanecía silencioso, a pesar de las bromas del catalán y del normando. El pensamiento de que la mujer amada podía encontrarse en el palacio de Zuleik, le atormentaba atrozmente. Muchas veces, para ocultar su emoción, se levantaba y paseaba por el vestíbulo.

Hacia las once de la noche, el normando dio por fin la señal de marcha.

—Es el momento de ir a buscarle —dijo, levantándose—. Dentro de un cuarto de hora estaremos en la ermita del mirab.

—¿Está próxima?

—Detrás de la Casbah, cerca de una mezquita derruida.

Se despidieron del tabernero y se internaron por entre las ruinas, que se prolongaban a lo largo de los fosos de la Casbah.

El normando se detenía de vez en cuando para mirar si los seguían, pues todavía no estaba tranquilo.

Ya habían recorrido cerca de doscientos pasos, cuando el fregatario se detuvo de nuevo, llevándose las manos a la nariz.

—Por aquí debe de haber un ajusticiado —dijo—. ¡Vedle allí en la base de los bastiones!

El cadáver de aquel infeliz cristiano exhalaba un olor nauseabundo.

—¡Qué horror! —exclamó el barón, palideciendo—. ¡Razón tienen en llamar a estos monstruos las panteras de Argel!

—¡Vámonos! —balbuceó Cabeza de Hierro—. ¡Con los muertos me falta valor!

Se alejaron presurosamente de aquel sitio, y se ocultaron en medio de un bosquecillo de palmeras que se prolongaba sobre el flanco de la colina.

Después de haber atravesado el bosquecillo, seguido por sus compañeros, entró el marino en una explanada que se extendía detrás de la Casbah, y en medio de la cual se veían las ruinas de una mezquita.

Un poco más lejos, cerca de una soberbia encina que extendía sus ramas en todas direcciones, proyectando densa sombra, se descubría un pequeño edificio cuadrado, coronado por una cúpula semiesférica.

—La ermita del mirab, o, mejor, del viejo templario —dijo el normando, señalándola al barón—. Ahí reposa un sonéli, es decir, un santo muy venerado por los berberiscos.

—¿Estará solo el viejo?

—Sí, y nos aguardará.

El normando se detuvo, mirando hacia atrás para ver si los habían seguido, y después se acercó a la ermita, lanzando un silbido.

Un momento después, la puertecilla se abrió, y el jefe de los derviches girantes apareció en el umbral, con una lamparilla de arcilla en la mano.

—¿Eres tú, Miguel? —preguntó.

—Sí, señor de Arin...

—¡Silencio! Yo soy para todos el mirab Abdel Hagí. ¿Quién viene contigo?

—Un noble y su escudero.

El viejo miró con atención al caballero y al catalán, y, satisfecho sin duda de aquel examen, se apartó de la puerta, diciendo:

—¡Entrad!

El interior de la ermita consistía en una sola cámara pobremente amueblada con toscos divanes. El viejo, con un gesto majestuoso que daba a conocer el señor europeo, hizo señas al barón para que se sentase, y después le dijo:

—Vos no sois un prisionero cristiano; ¿no es cierto?

—Es el barón de Santelmo, caballero de Malta —dijo el normando.

—¿Un caballero de Malta tan joven? —exclamó el mirab con estupor.

—Y valeroso —replicó el normando—. Yo le vi luchar en su galera contra otras cuatro berberiscas.

—Yo también en mi juventud, y antes de caer prisionero de estos infames corsarios, de estas panteras argelinas, he combatido duramente contra los infieles en Candía, pero aquellos tiempos ya están lejanos. El templario ya no tiene su coraza, ni su espada, ni su galera, hundida en los abismos del Mediterráneo.

El mirab lanzó un suspiro. Después de algunos momentos de silencio, se volvió nuevamente hacia el barón, preguntándole:

—¿Y qué desea de mí el señor Santelmo? Si Miguel os ha conducido a Argel, supongo que trataréis de libertar a alguna persona querida de las garras de las panteras.

—Es cierto, señor...

—Llamadme abad, sencillamente. Desde que me he visto obligado a adoptar este disfraz debo ser considerado como un siervo de Mahoma.

—Sé cuánto hacéis en defensa de los cristianos.

—Por ellos me he convertido en mirab. Hablad, señor barón, todo lo que pueda hacer por vos estoy dispuesto a realizarlo.

En pocas palabras, el caballero de Santelmo le relató todos los sucesos que dejamos narrados.

—¿La condesa de Santafiora está aquí prisionera? Conocí a su padre.

—¿No habéis oído hablar de un tal Zuleik, que se titula descendiente de los califas de Córdoba y de Granada? —preguntó el normando.

—¿Zuleik, a secas?

—Ben-Abend —replicó el barón.

—Esa es una de las familias más conocidas de Argelia. Los Ben-Abend eran poderosísimos. Me será fácil averiguar dónde habita ese Zuleik, y hasta el lugar donde haya escondido a la condesa.

—¿Creéis que la prisionera esté cerca de él? —preguntó el barón con ansiedad.

—Los corsarios deben de haber llegado ayer noche, es imposible que se hayan repartido ya la presa.

—Zuleik puede haberse llevado a la condesa.

—No, no es posible. La primera elección de los esclavos corresponde al bey, y después a Culquelubi, el más cruel de los berberiscos. Nadie, antes que ellos, puede apropiarse presa alguna.

—¿Y si Zuleik hubiese encontrado el medio de ocultar a la condesa?

—No se habrá atrevido a hacerlo. Aquí pronto se mata a un hombre, aunque pertenezca a las familias más poderosas.

—¿Dónde estarán los prisioneros?

—En el presidio de Pascia, que es el más vasto de todos. ¿Es hermosa la condesa?

—Muy hermosa —dijo el normando.

—Entonces no será vendida —dijo el mirab—. Pero habrá de ser muy difícil sacarla del harén del bey o del de Culquelubi. No obstante, alguna hemos libertado; ¿no es cierto, Miguel?

—Sí, señor.

—Mañana, a esta misma hora, volved, señor barón. Estoy seguro de poder daros noticias. Pero cuidad de ser prudente, y seguid los consejos de Miguel.

—Le obedeceré —respondió el caballero.

—Y haréis perfectamente —dijo el mirab.

Después, volviéndose hacia el normando, le preguntó:

—¿Y no traes más misión que esa, Miguel?

—Sí —respondió el marino—. Tengo encargo del embajador de España cerca de su Santidad, de intentar la liberación de un, sobrino suyo, el. marqués de Álamo, a quien vos debéis de conocer.

—Llegas demasiado tarde. Ese pobre joven ha muerto hace pocos días, abrumado de fatigas. Los esclavos de Culquelubi no pueden resistir mucho.

—Entonces, ha concluido mi misión.

—Así podrás dedicarte por completo a la libertad de la condesa de Santafiora. Andad, hijos míos —añadió el viejo mirab—, es tarde y tengo necesidad de reposo.

Tomó la lámpara y los condujo hasta el umbral, estrechándoles la mano cariñosamente.

—Debe de ser un bravo —dijo Cabeza de Hierro cuando se encontraron en el campo—. Juega su vida por salvar la de los demás.

—Es cierto —respondió el normando.

—¿Adónde iremos ahora? —preguntó el barón—. ¿A la falúa?

—No es prudente atravesar la ciudad de noche, pues podrían creernos cristianos fugados. Es preferible volver a casa del renegado.

Se envolvieron en sus alquiceles de lana, porque las noches son frescas en Argel cuando no sopla el viento sur, y se dirigieron hacia el bosquecillo.

Caminaban, sin embargo, con prudencia y mirando en torno suyo. El normando, especialmente, se detenía de vez en cuando, como si quisiera recoger el menor rumor.

—Se diría que tenéis miedo de ser seguido —dijo el barón.

—¿Sabéis en qué pensaba ahora?

—No.

—En aquel beduino.

—¿Todavía?

—¡Qué queréis! Mi instinto me dice que debo estar en guardia y desconfiar de ese hombre. ¿Tenéis vuestro yatagán?

—Y también las pistolas, y una cota de malla bajo los vestidos —respondió el barón.

—Habéis hecho bien en ponérosla. Pero, si sucede algo, no disparéis; las armas de fuego hacen demasiado ruido.

Prosiguieron su camino, bajaron por la colina, y bien pronto se encontraron en el bosquecillo, que atravesaron sin haber hallado a nadie. Ya iban a penetrar entre las ruinas, cuando bajo una arcada de la muralla vieron aparecer repentinamente algunos hombres.

—¡Los beduinos! —había exclamado el normando, desenvainando rápidamente el yatagán—. ¡Señor barón, nos acechan, y estoy seguro de que los guía el que me encontré esta mañana!

—No son más que seis —dijo el barón—. Les haremos frente.

—¿No sería mejor apelar a la fortaleza de nuestras piernas? —dijo Cabeza de Hierro.

—¡Cobarde! —exclamó el joven.

—¡Cobarde yo! ¡Ahora veréis que el corazón de los Barbosa no ha temblado jamás ante ningún obstáculo!

En aquel momento, un hombre se destacaba del grupo, haciendo brillar la hoja de la cimitarra.

—¡Alto! —dijo.

—¡Por la muerte de Mahoma! —murmuró el normando, palideciendo—. ¡Es el beduino, señor barón. ¡En guardia!

Y a su vez avanzó hacia el espía, diciendo:

—¡Atrás! ¿A quién esperas, perro cristiano?

—¡Cristiano yo! ¡Soy hijo del desierto y un creyente verdadero!

—¿Pues a quién esperas?

—¡A ti!

—¿Qué quieres de mí?

—Conducirte a presencia del caid para convencerme de que no eres un falso cristiano. ¡Te sigo desde esta mañana!

—Entonces, me habrás visto entrar en la mezquita.

—¿Y eso qué prueba?

—Y entrar después en la ermita del mirab.

—Sí, te he visto. ¿Qué has ido a hacer en casa del mirab?

—Inscribir en la Orden al joven que viene en mi compañía.

—Ahora lo probarás delante del caid.

—Estoy dispuesto a seguirte.

Se acercó al beduino, fingiendo que envainaba el yatagán, pero cuando estuvo próximo, cayó sobre él como un tigre y le aplastó el cráneo con el pomo.

Los compañeros del beduino, gente valerosa, se lanzaron hacia adelante, gritando:

—¡A ellos! ¡Son cristianos!

El barón se lanzó en el acto sobre los enemigos. Con un tajo de yatagán cortó a cercén la mano al primero que intentó detenerle, arrancándole un atroz rugido de dolor, y después cayó sobre el segundo, empeñando con él un furioso combate cuerpo a cuerpo.

Entretanto, el normando, ya desembarazado del espía, hacía frente a otros dos, manteniéndoles a distancia, mientras Cabeza de Hierro, sacando fuerzas de flaqueza, se lanzaba sobre el último, a quien trataba de intimidar a fuerza de bravatas.

Pero los beduinos se defendían con coraje. Ya se habían cambiado entre los contendientes una infinidad de golpes sin graves consecuencias, cuando, de pronto, dos negros de estatura gigantesca, ricamente vestidos y armados con mazas, desembocaron por el bosque de palmas y cayeron sobre los beduinos por la espalda.

Pocos golpes bastaron para arrojarlos en tierra muertos o heridos.

El normando y sus compañeros, sorprendidos por aquel inesperado socorro, se habían agrupado prontamente, temiendo que aquellos dos Hércules, después de haber acabado con los beduinos, la emprendiesen con ellos.

Pero los dos negros guardaban una actitud muy tranquila. Uno de ellos se acercó al barón y le dijo:

—Tomad; es para vos.

Y le dio un billete que exhalaba un fuerte olor de ámbar. Luego, sin decir una palabra más, los dos negros se alejaron con rapidez y desaparecieron por el bosquecillo.

—¿Qué significa esto? —preguntó el barón, asombrado—, ¿Comprendéis vos algo, Miguel?

—Por ahora sólo comprendo una cosa —dijo el normando—, que estamos en salvo.

—Pero, ¿por qué esos negros han venido en nuestro auxilio?

—Probablemente para probar sus mazas —dijo Cabeza de Hierro—. ¡Qué golpes, señor barón! ¡Esas mazas valen más que la mía!

—Veamos ese billete —dijo el normando—. Acaso explique el misterio.

—Es un billete perfumado.

—Señor barón, dejemos estos muertos y vamos a casa del renegado. Con esta oscuridad no se puede leer.

—Marchemos antes de que llegue la ronda, nocturna. ¿Dónde está Cabeza de Hierro?

El bravo catalán estaba registrando los bolsillos de los beduinos.

—No pierde el tiempo vuestro escudero —dijo el normando, riendo—. ¡Hola, señor de la maza! ¡En marcha, si no queréis que os prendan!

El ilustre descendiente de los Barbosa ya había terminado su tarea.

Los tres se encaminaron a casa del renegado, cuya puerta se abrió al primer silbido del normando.

CAPÍTULO XIII. Misteriosa desaparición del renegado

Un momento después, el barón, el normando, Cabeza de Hierro y el renegado se encontraban reunidos en el vestíbulo, intentando descifrar el contenido del billete.

En aquel billete sólo había escrita una palabra, en caracteres árabes, con rasgos finos y sutiles que de notaban la mano de una mujer.

El normando, que conocía el árabe, hizo de pronto un gesto de estupor.

—No contiene más que un nombre —dijo.

—¿Cuál? —preguntó el barón.

—El de una mujer.

—¡Es imposible!

—Sí, es el nombre de una mujer: Amina.

—¡Amina! —exclamaron a una vez el barón y Cabeza de Hierro.

—Es cierto —añadió el renegado.

—¿Habéis conocido a alguna mujer de ese nombre? —preguntó el normando.

—No, nunca —dijo el barón.

—Recordad bien.

—Nunca he oído semejante nombre.

Los cuatro hombres se miraron uno a otro con extrañeza.

—¿Se habrán engañado esos dos negros?

—No lo admito —dijo el normando—. Antes de entregar el billete, miraron atentamente al barón, y estoy casi seguro de que esos dos hombres nos seguían con el encargo de velar por nosotros. ¡Ah, ahora recuerdo! ¡Qué estúpido soy! ¡Debiera haberlos reconocido!

—¿A quiénes? —preguntó el barón.

—¡A esos dos negros!

—¿Luego son conocidos vuestros?

—¡Y vuestros también!

El barón le miró con asombro, sin comprender.

—No os entiendo —dijo.

—Los encontramos esta mañana al salir de la mezquita.

—¿Los esclavos de aquella dama?

—Los mismos.

—Entonces, ¿nos han seguido?

—Seguramente.

—¿Y por qué razón?

—Para velar por nosotros o, mejor dicho, por vos, y entregaros el billete —dijo el normando.

—¿Y vos creéis ... ?

—Yo digo, señor barón, que habéis impresionado profundamente a esa mujer. ¡Y no se puede negar que la señora Amina es bellísima!

—Pero, ¿qué puede significar este billete?

—En verdad que no lo sé. Por lo visto, ahora se limita a deciros que se llama Amina. Luego veremos. Esa mujer puede ser peligrosa para vos.

—Procuremos borrar nuestras huellas.

—Lo intentaremos, pero por el momento ningún peligro nos amenaza. ¡Vámonos a dormir!

—Y, además, yo velaré —dijo el renegado.

Dicho esto, condujo a sus huéspedes a una estancia baja, donde había varios divanes que podían servir de lecho.

El renegado se sentó en medio del vestíbulo con un enorme frasco de vino de España que le recordaba el país perdido, y que apuró trago tras trago en una hora. De pronto, y con profundo terror, creyó ver dos sombras gigantescas, que se agitaban primero en la cima de la terraza, y que después se deslizaban por la columna del vestíbulo. Al principio creyó que era el vino quien le producía aquellas visiones; pero al ver acercarse las sombras trató de ponerse en pie.

En menos de un segundo, y antes de que le fuera posible lanzar un grito, se sintió sujeto por cuatro manos vigorosas, que le envolvieron la cabeza en un capuchón de gruesa tela.

En seguida le levantaron, y las dos sombras desaparecieron entre las tinieblas con la mayor rapidez.

A la mañana siguiente, después de haber dormido diez horas de un tirón, Cabeza de Hierro, que había soñado toda la noche con frascos de jerez, salió al vestíbulo en busca del renegado, no encontrándole por ninguna parte. Lo más extraño del caso era que la puerta estaba atrancada por dentro.

Con el sobresalto natural, el catalán se dirigió hacia la habitación donde estaban sus compañeros, gritando:

—¡Señor barón! ¡Arriba!

—¿Qué sucede? —preguntó el joven.

—¡Algo que no puedo explicarme! ¡Algo que me espanta!

—Pero, en suma, ¿qué es? —preguntó el normando.

—¡Que el renegado ha desaparecido!

—Habrá ido a buscar provisiones.

—No, porque la puerta está atrancada por dentro.

—¡Tú has bebido! —dijo el barón con voz severa.

—¡Ni siquiera una gota!

—Pues vamos a ver —dijo el normando, que empezaba a sentir cierta inquietud.

—Precedidos por Cabeza de Hierro, visitaron todas las habitaciones, sin ningún resultado.

—Miguel —dijo el barón, un tanto preocupado—, ¿tenéis confianza en ese hombre?

—Completa, señor barón.

—¿Luego, no es posible creer que haya ido a denunciarnos?

—¿Él? ¡Nunca!

—Entonces, ¿cómo explicáis que haya desaparecido sin decir nada?

—No lo sé.

—¿Estáis inquieto?

—Mucho; y quisiera que nos marchásemos antes de que ocurra algo peor. Esa desaparición me intranquiliza.

—¿Habrá sido robado?

—Ahora se despierta en mí una sospecha. El español es muy aficionado al vino, y puede haber sido sorprendido estando borracho. De otro modo, habría dado la voz de alarma.

—Yo nada he oído.

—Ni yo tampoco —dijo Cabeza de Hierro.

—¡Veamos! —añadió el normando—. El renegado, si no me engaño, se había acurrucado sobre aquel montón de esteras.

—No hay señales de lucha.

—Pero ¿por dónde pueden haber entrado las personas que le han sorprendido?

—Por la terraza acaso —dijo el barón.

—Vamos a ver si encontramos algún rastro. ¡Ah!...

—¿Qué?

—¡Mirad! ¿No veis allí varios trozos de yeso recién desprendidos de los muros?

—Sí, es cierto.

—¡Subamos, señores!

Todos penetran en la terraza. Al llegar a ella, ya no tuvieron duda, por la parte de afuera se veía una cuerda sostenida en el muro por un fuerte gancho de hierro.

—Ya no hay duda del rapto —dijo el normando.

—Pero aun no conocemos el motivo.

—¡Señor barón —dijo el normando—, vamos pronto! El renegado saldrá del apuro como mejor pueda. Volveremos esta noche para ver si ha vuelto a su barraca. Iremos a almorzar a bordo de la falúa.

Y sin nuevas dilaciones se marcharon por la callejuela, que estaba desierta, y descendieron hasta la ciudad, que entonces comenzaba a animarse.

Moros, árabes, beduinos, y montañeses se amontonaban en las calles. De vez en cuando, grupos de soberbios jinetes pasaban al galope, hendiendo las filas de la multitud, sin preocuparse de mirar si atropellaban a alguno. Luego, iban oleadas de negros casi enteramente desnudos, seguidos por sus amos, verdaderos tipos de ladrones del desierto, con largas barbas negras, turbantes inmensos y cimitarras y pistolas al cinto.

En último término se descubrían largas filas de esclavos cristianos, flacos, macilentos, que se dirigían hacia el puerto, o a las afueras de la ciudad, para cultivar las tierras de sus dueños bajo el implacable sol africano, que calcinaba sus huesos.

El normando y sus compañeros, abriéndose paso por entre toda aquella gente, se dirigieron hacia el muelle y no tardaron mucho tiempo en llegar a él.

Los marineros, sin preocuparse por su capitán, ya habían desembarcado y vendido buena parte del cargamento. Rodeados por unos cincuenta berberiscos discutían con ellos como verdaderos mercaderes, hablando el árabe y el levantino e invocando a cada paso el santo nombre de Mahoma.

—¡No pierden el tiempo nuestros hombres! —dijo el barón.

—Obrando así alejan toda sospecha. Todos estos mercaderes conocen a mi gente y podrían atestiguar que somos honrados comerciantes.

Subieron al *Solimán* y almorzaron. Durante su ausencia nada había ocurrido en la falúa.

Enteramente tranquilizados por este lado, el normando y sus compañeros, después de haber cambiado de traje, ponerse capas de varios colores como usaban los rifeños y cubrirse la cabeza con enormes turbantes, desembarcaron nuevamente para acercarse al presidio de Pascia, con la esperanza de recoger alguna noticia sobre la infortunada condesa de Santafiora.

Todo el muelle estaba cuajado de traficantes, de esclavos negros y de esclavos cristianos encargados de la descarga de los navíos, procedentes en su mayor parte de saqueos realizados en España, Francia, Italia y Grecia, pues en aquella época los berberiscos no respetaban país alguno.

En el puerto, multitud de galeras de guerra estaban fondeadas en espera de alguna ocasión propicia para volver a emprender sus correrías por el Mediterráneo, y entre ellas se veían las cuatro que habían peleado contra la *Sirena*.

—¡Quisiera incendiarlas todas! —dijo el barón.

—¡Y yo hacerlas saltar con sus tripulantes! —replicó el normando.

Atravesaron la parte occidental del puerto, y hacia el centro de ella se detuvieron delante de un inmenso edificio cuadrado y coronado por inmensas terrazas.

—¡El presidio! —dijo el normando.

El barón se puso muy pálido, como si toda su sangre le hubiese refluido al corazón.

—¿Es aquí donde se encuentra? ¡Ah, Miguel, dadme un medio para que pueda entrar!

—¡Es imposible!

—¿Dónde estará encerrada?

—¡Quién puede saberlo! ¡Ah, mirad allí, en la playa! ¿No veis aquellos bultos tendidos al sol?

—Sí, ¿quiénes son?

—Cristianos, a los cuales muchas veces dejan morir de hambre porque no tienen vigor para trabajar.

—¡Cuánta infamia!

—¡Aun veréis otras peores! —dijo el normando.

Detuvo a un negro que pasaba cargado con un fardo.

—¿Quiénes son aquéllos? —le preguntó.

—Cristianos que llegaron ayer en las galeras de Ossum. Los útiles han sido conducidos al presidio, y a los que son viejos o están enfermos los dejan morir de hambre.

—Son los viejos de San Pedro —dijo el normando al barón—. ¡Canallas berberiscas![6]

—¿Y no auxiliaremos a esos desgraciados?

—No os acerquéis a ellos si estimáis en algo la libertad. Esta noche mandaré que algunos de mis hombres les lleven víveres y dinero.

—¡Es horrible!

El normando hizo que el joven se alejase de aquel lugar, conduciéndolo delante del presidio.

Por todos sus alrededores y delante de las puertas, se veían soldados armados de arcabuces.

Un olor nauseabundo salía del interior, y de vez en cuando se oían gritos estridentes que partían de los patios.

—¡Creo que voy a desfallecer! —dijo el caballero, limpiándose el sudor que le bañaba la frente—. ¡Y la condesa está aquí, dentro de este infierno! ¡Es horrible! ¡Horrible!

El normando le miraba, profundamente conmovido.

—Señor barón —dijo de pronto—, he visto salir a un soldado a quien conozco, y que acaba de entrar en aquel café.

---

6   También en la invasión berberisca de 1778, dirigida contra la desgraciada isla de San Pedro, los viejos fueron abandonados en las playas de Argel y los dejaron morir de hambre.

Aguardadme cerca de aquella fuente, trataré de saber por ese hombre alguna noticia.

—¿No os comprometeréis?

—No, seré prudente.

Y se dirigió hacia una caseta donde se hallaban varios moros fumando y charlando.

El normando fue en línea recta hacia el soldado, que estaba en un ángulo de la barraca paladeando con beatitud una taza de café.

—¿Qué haces aquí solo, Mohamed? —le preguntó, sentándose cerca de él.

El soldado le miró atentamente.

—¡Ah! —exclamó de pronto. ¡El mercader de Fez!

—¿No te acordabas de mí, Mohamed?

—¿Cuándo has llegado? —preguntó el soldado.

—Esta mañana.

—¿Buen cargo?

—¡De todo hay!

—Hace ya tiempo que no se te veía por Argel.

—He estado en Tánger y en Túnez. ¿Qué hay de nuevo? Acabo de ver algunas galeras con averías. ¿Habéis zurrado a los cristianos?

—Pero no sin lucha. ¡Esos perros se baten bien!

—¿Habéis hecho buena presa?

—Unos centenares de esclavos.

—¿Dónde?

—En San Pedro.

—¿Están encerrados en el presidio de Pascia?

—Todos.

—¿Y son personas de distinción?

—La mayor parte son pescadores. No hay más que una mujer que valga la pena.

—¿Hermosa?

—Y además joven y noble. Será difícil que caiga en las manos de los mercaderes de esclavos y que la expongan en el balistán.[7]

—Si cae en manos de Culquelubi no se encontrará muy bien —respondió el normando, tratando de sonreír.

—No es blando el capitán general de las galeras.

—¡Compadezco a esa pobre joven!

—¡Bah! ¡Es una cristiana!

—¿Cuándo se hará la venta de los esclavos?

—Hoy vendrán los proveedores del harén del bey y los de Culquelubi. Ya sabes que tienen la preferencia.

El normando quería haber preguntado algo sobre Zuleik. pero no se atrevió, para no despertar las sospechas del soldado. Así, pues, bebió una taza de café, pagó las dos, y se fue sin hablar más. No iba muy satisfecho del resultado de su coloquio.

—Ocultaré al barón el peligro de que su prometida vaya a parar a poder del bey o de Culquelubi. ¡No quiero afligir más a ese pobre joven! —murmuró, acercándose a la fuente.

El capitán de la Sirena, presa de una gran emoción, tenía fijos los ojos en los enormes muros del presidio.

—¿Qué habéis sabido? —preguntó con angustia al normando.

—Poca cosa. La condesa está ahí, y nada más. Es lo único que sabe el soldado.

—¿Y Zuleik?

—No sé nada de él, pero si la condesa se encuentra en el presidio, eso quiere decir que el moro no ha podido sustraerla a la vigilancia de los guardias del bey.

—Prefiero que esté en presidio a que se halle en palacio.

El normando movió la cabeza sin responder. Él habría preferido que Zuleik se la hubiese llevado, puesto que sabía que podían <u>recluirla en el inaccesible harén del bey</u>.

7   Bazar destinado a la exposición y venta de los esclavos cristianos.

Retornaron silenciosos hacia el puerto oriental, y sin decir una palabra subieron a la falúa, a fin de esperar la noche para ir a visitar al jefe de los derviches.

CAPÍTULO XIV. Las indagaciones del mirab

Hasta bien entrada la noche permanecieron en la cubierta del *Solimán*. El normando, que conocía la ciudad y que no gustaba de recorrer el mismo camino dos veces, tomó por las calles desiertas de las afueras, que entonces estaban compuestas en su mayor parte por casas derruidas y desiertas.

El camino era más largo, sin duda, pero en cambio era más seguro.

Hacia las once, sin haber tenido ningún mal encuentro, el normando y sus compañeros llegaron a las inmediaciones de la casa del renegado, a quien querían visitar para saber si había vuelto.

Al llegar a ella dieron la vuelta en derredor, con el objeto de ver si la cuerda estaba puesta.

—¡No está! —dijo el normando, que precedía a sus compañeros.

—Pues haced la señal —añadió el barón.

—Alguien debe de haber en el vestíbulo —dijo Cabeza de Hierro—, porque veo luz. Si no es el renegado, será el diablo. ¡No entremos, señor!

—¡Haced la señal! —repitió el barón, sin tomarse el trabajo de contestar al catalán—. Si nadie responde entraremos igualmente.

El marino se llevó dos dedos a los labios y produjo un sonido suavemente modulado, que luego acompañó a una especie de ladrido.

No habían transcurrido diez segundos cuando la puerta se abrió, y apareció el renegado tambaleándose y con una lámpara en la mano.

—¿No me engaño? —dijo con voz ronca—. ¿Eres tú, Miguel?

—Hemos bebido un poco, ¿eh? —replicó el normando, riendo.

—¡En algo se ha de pasar el rato! ¿Sabes que me han secuestrado?

—Lo habíamos sospechado.

—¡Entrad!

Cerrada la puerta, y una vez en el vestíbulo, el marino le preguntó:

—¿Quién te ha secuestrado?

—Dos negros de estatura gigantesca.

—¿Dos negros? —exclamaron el barón y el normando al mismo tiempo.

—¡Serían dos diablos! —dijo Cabeza de Hierro.

—¿Llevaban trajes de seda roja? —preguntó el normando.

—Sí.

El barón y el marino se miraron con estupor.

—¡Los dos negros que nos ayudaron a librarnos! —dijo el primero.

—Pero, ¿por qué han secuestrado a este hombre? —añadió el normando.

—Os lo explicaré en seguida —dijo el renegado—. Parece que hay alguien que se interesa por el señor barón.

—¿La dama del billete? —preguntó el joven.

—No lo sé. Después de haberme maniatado, los dos negros me llevaron al bosquecillo de palmeras, donde había una litera, y arrojándome en ella, me llevaron.

—¿Por dónde? —preguntó el normando.

—No lo sé, porque me vendaron los ojos. Cuando me quitaron la venda, me encontré en una espléndida sala adornada con espejos de Venecia.

—¿Quién te esperaba allí?

—No vi más que a los dos negros; pero detrás de los tapices quizá estaría oculta alguna persona. Me sometieron a un largo interrogatorio.

—¿Qué deseaban saber? —preguntó el barón.

—Si erais argelino o extranjero, y dónde habitabais.

—¿Y qué les dijiste?

—Que no os había visto hasta anoche. Aunque renegado, soy incapaz de vender a un cristiano.

—¿Y luego? —preguntó el barón con ansiedad.

—Pues, convencidos de que no sabía nada más, me vendaron de nuevo y volvieron a traerme aquí.

—¿Dijisteis que yo era argelino?

—Turco.

—Miguel, ¿qué os parece todo esto?

—Que esa dama no va a dejaros en paz. ¡Tened cuidado! ¡Las mujeres moras son más peligrosas que los hombres!

—¿Podríamos intentar algo para huir de ella?

—Sería preciso que saliésemos de Argel.

—¿Creéis que sea capaz de vendernos?

—Si os ama, no lo hará; pero estemos en guardia, por si acaso.

—Lo estaremos.

—Ya es media noche. Vamos a casa del mirab.

Después, volviéndose al renegado, le dijo:

—Si te preguntan de nuevo por nosotros, dices que venimos aquí porque, como gente de mar, nos gusta el vino. Si Culquelubi se emborracha todas las noches, a despecho del Corán, bien podemos nosotros echar un trago.

Al salir a la calle, el normando miró a todos lados con precaución, no observando ningún género de espionaje. Sin embargo, el marino sospechaba que la dama mora no dejaría de encargar a sus servidores que los siguiesen.

Poco después de media noche llegaban a la ermita del mirab, que los aguardaba bajo la encina que daba sombra a la pequeña habitación.

—Señor de Santelmo —dijo apenas hubo divisado el caballero—, no he perdido el tiempo. Sé quién es Zuleik Ben-Abend, y hasta puedo deciros dónde podéis encontrarle mañana.

—¡Ah, por fin! —exclamó el siciliano—. ¡Esta vez no se me escapará!

—¿Queréis capturarle?

—¡Matarle!

—No olvidéis que Zuleik se encuentra en su país, y que vos sois extranjero.

—¡Repito que le mataré!

—Es un descendiente de los califas.

—¿Luego, es un hombre peligrosísimo ese moro? —dijo el normando.

—Y un rival poderoso para el barón —añadió el viejo.

—¡No importa, le mataré!

—No dudo de vuestro valor —respondió el templario—, pero sería preciso que encontraseis la ocasión de hallaros a solas con Zuleik.

—¿Sabéis dónde vive?

—Sí, en un espléndido palacio, enfrente del presidio de Zidi Hassan.

—¡Por la condenación de Mahoma! —exclamó el normando—. ¡Es aquel palacio coronado por dos alminares con la cúpula dorada?

—El mismo —replicó el mirab.

—Pues habrá que trabajar si queremos sorprender dentro de él a ese moro.

—Podéis encontrarle en otra parte.

—¿Cuándo? —preguntó el barón con los ojos centelleantes.

—Acabo de saber que mañana temprano, para festejar su retorno, Zuleik da una cacería con alanos en las llanuras de Blidah.

—Miguel —dijo el barón—, ¿conocéis ese lugar?

—Sí.

—Entonces, iremos a él.

—¡Demonio! —exclamó el normando—. ¡Mucha prisa tenéis en desembarazaros de ese moro!

—Acaso podamos encontrarle solo.

—La llanura de Blidah está poblada de bosques, y es posible que durante la caza los jinetes se dividan. Pero debo advertiros que jugamos una carta peligrosa y que corremos el riesgo de morir empalados.

El mirab hizo una seña afirmativa.

—Sí —dijo después—, ese moro constituye para vos y para la condesa el mayor peligro.

—¿Habéis sabido algo de ella? —preguntó el barón.

—Sé que sigue en el presidio, porque todavía no se ha hecho la elección de esclavos por los agentes del bey y los de Culquelubi.

—¿Es decir, que corre el peligro de ir al harén de uno o de otro? —exclamó el barón con angustia infinita.

—Se habla mucho de la belleza de la condesa. En eso estriba su mayor peligro.

—¡Dios mío!

—Acaso sería mejor que fuese elegida por el bey, porque entonces no correría un peligro inmediato.

—¿Creéis que Zuleik pueda arrancarla de sus manos? —preguntó el normando.

—Es posible.

—Entonces —dijo el fregatario— trataremos de sorprender al moro, señor barón.

—¡Tengo sed de su sangre!

—Pero prometedme que no haréis nada hasta que yo os lo indique.

—Os lo prometo.

—Zuleik os conoce, ¿no es cierto?

—Sí.

—Pues es necesario que no os conozca.

—¿Cómo?

—En esta ermita tengo todo lo necesario para transformar a los fugitivos cristianos en moros, en árabes y hasta en negros. Miguel lo sabe.

—Todavía me acuerdo —dijo normando— de aquel polaco a quien hicisteis pasar por un tuareg.

—Necesitaréis caballos muy ligeros.

—De eso me encargo yo —dijo el normando.

—¿Quieres dinero?

—No lo necesito, mirab, lo tengo en abundancia.

—Entonces, vete, son ya las dos y el alba despunta pronto en Argel.

—Antes de la salida del sol estaré de vuelta.

Mientras el valeroso marino entraba en la ciudad, el mirab abrió un nicho que encerraba mantos de lana blanca con amplias capuchas, botas marroquíes, arcabuces, cimitarras: un guardarropa, en suma.

El mirab sacó algunas de aquellas prendas, y luego dijo, mirando al barón y a Cabeza de Hierro.

—Os transformaremos en dos verdaderos beduinos.

Después abrió un frasco que estaba lleno de una especie de pomada oscura, y se la mostró al barón, diciéndole:

—Pintaos el rostro, los brazos y las manos, señores. Esta pomada os dará un color que nada tendrá que envidiar al de los hijos del desierto.

El barón y Cabeza de Hierro pusieron manos a la obra inmediatamente.

—Ahora nadie creerá que sois blancos —dijo el viejo.

—Pero los árabes no tienen los cabellos rubios —replicó Cabeza de Hierro.

—Si no los hay entre los habitantes del Sáhara, en cambio no faltan entre los del Rif. ¿Quién os impide pasar por rifeños?

—Es verdad.

—Señor barón, descansad algunas horas mientras vuelve Miguel —dijo el viejo.

Trancó la puerta, apagó la lámpara y se acostó. El barón y Cabeza de Hierro hicieron lo propio. Tres horas después los despertaban sendos relinchos.

Como había prometido, el normando llegaba conduciendo tres caballos, tres magníficos animales de sangre árabe y perfectamente enjaezados. Todo el mundo conoce el vigor y la ligereza de estos hermosos caballos, que no tienen rival para la carrera.

—¡Hermosas bestias! —dijo el mirab, después de mirar a los caballos—. ¡Correrán como el viento!

—Tomad este blanco —dijo el normando al barón—. Su dueño me ha dicho que es el mejor corredor de Argelia.

El mirab había vuelto a entrar en la ermita, y dijo al barón y a Cabeza de Hierro:

—Disfrazaos con estos trajes.

El caballero y el catalán se vistieron con amplios alquiceles, y después de ponerse en la cintura la cimitarra y la pistola, tomaron los arcabuces y saltaron sobre la silla.

—¡Sois un árabe completo! —exclamó el normando, mirando al barón.

—Partid, o llegaréis tarde —dijo el mirab—. Procedizmed con prudencia, y esta noche os espero aquí. Tened cuidado, señor barón, de no exponeros demasiado y de sorprender a Zuleik solo.

—¡Tengo su vida en la punta de mi cimitarra! —respondió el joven.

—¡Vela por su vida, Miguel! —murmuró por lo bajo al viejo normando—. ¡Ese joven me da miedo!

—Sabré contenerle. No le dejaré hasta el momento oportuno.

Hicieron al mirab una señal de despedida y partieron al trote.

CAPÍTULO XV. Los dos rivales frente a frente

Comenzaban ya a aparecer los primeros rayos del sol cuando los tres jinetes llegaron a la llanura de Blidah, que en aquel tiempo estaba poblada de bosques de encinas, de palmeras, de higueras de la India y de raros aduares dispersos y habitados por familias de pastores.

En aquellos terrenos abruptos era donde los ricos moros se entregaban a las carreras desenfrenadas de sus corceles para correr la pólvora, para adiestrarse en la guerra y en la caza con halcones, diversión reservada a los personajes de alta prosapia, a los caídes, a los capitanes de las galeras y a los príncipes por cuyas venas corría la sangre de los califas.

Como sucede hoy, la halconería ocupaba un puesto importantísimo entre los entretenimientos predilectos de los moros.

El poseer halcones o galgos para cazar era indicio de nobleza. Un individuo de las demás clases no podía emplear ni unos ni otros.

Todos los moros ricos tenían sus halconeros, que ocupaban en la caza un puesto predilecto. Pero, cosa extraña, un halcón, por diestro que fuere, no se conservaba de un año a otro. Terminadas las grandes cacerías, que se celebraban por el otoño, aquellas aves rapaces eran puestas en libertad, por más que algunas se pagaban a más alto precio que un buen caballo.

El sistema que empleaban los halconeros para cazarlas era muy curioso. Sabiendo dónde se encuentran, envolvían a un palomo en una sutilísima red de crines que no le impidiese el movimiento, y lo dejaban en libertad.

Los halcones no tardaban en caer sobre él: sus garras se prendían en las mallas de la redecilla, y de este modo eran aprisionados fácilmente.

Cuando el normando y sus compañeros llegaron a la llanura de Blidah, ya había comenzado la cacería. En un vasto espacio cerrado por bosques de palmeras y de encinas, dos docenas de jinetes se habían reunido ya en torno de algunas tiendas levantadas por los esclavos durante la noche.

En medio de aquel brillante grupo de moros y de halconeros, el barón, que se había detenido en una pequeña altura sombreada por inmensas encinas, descubrió a Zuleik.

El antiguo esclavo de la condesa de Santafiora montaba un soberbio caballo negro, y tenía en la mano un enorme halcón, con la cabeza dentro de una caperuza. Cabalgaba delante de todos.

Al ver a su rival, una oleada de sangre coloreó las mejillas del joven, y sus manos, instintivamente, empuñaron el arcabuz.

El normando se acercó al barón con presteza.

—¿Qué hacéis? ¿No veis que son más de veinte? No es éste el momento de obrar.

—¡Sí, tenéis razón! —respondió el joven—. ¡Iba a cometer una imprudencia!

—Tened calma, la ocasión no habrá de faltar. Cuando los batidores hayan descubierto alguna gacela o alguna liebre, los jinetes se verán obligados a dispersarse.

—Decís bien.

—Me parece que por ahora tratan de lanzar los halcones sobre las perdices. Detengámonos aquí y esperemos.

Bajaron de los caballos, que ataron al tronco de una encina, y se tendieron sobre la hierba. Desde aquella colina podían seguir sin fatiga todos los movimientos de Zuleik

El moro guiaba a sus compañeros hacia una pequeña laguna que se extendía casi bajo la base de la colina, donde revoloteaban algunas becadas.

—Quieren probar la destreza de los halcones —dijo el normando, que ya había asistido a aquel género de cacerías—. Luego empezará la caza de las gacelas, y entonces llegará el momento oportuno para nosotros. Señor barón, no perdáis nunca de vista a Zuleik.

—No apartaré los ojos de él.

—¡En mal negocio estamos metidos! —dijo Cabeza de Hierro—. ¡En este maldito país no hay posibilidad de gozar un momento tranquilo!

La cabalgata, siempre precedida por Zuleik, se había detenido en las márgenes de la pequeña laguna, disponiéndose en doble línea, con los halconeros al extremo.

El moro, después de haber observado la presencia de las aves en la laguna, quitó la caperuza al halcón que tenía en la mano. El animal, cegado por la luz, permaneció un momento quieto, batiendo las alas, pero a un silbido de su halconero, que se había colocado cerca de Zuleik, desplegó el vuelo, levantándose casi verticalmente sobre el grupo de los jinetes, a cincuenta metros de altura.

Una becada, descubriéndole y presintiendo el peligro que le amenazaba, levantó el vuelo, tratando de salvarse en la orilla opuesta, donde se descubrían muchas encinas.

El halcón se lanzó a plomo sobre ella, persiguiéndola y acosándola sin descanso. Al verse en peligro, la presa trató de defenderse valientemente con su agudo pico.

Los caballeros excitaban al rapaz, que revoloteaba sin descanso para evitar los picotazos de su enemigo. En aquel momento, Zuleik lanzó un segundo halcón, el cual acudió en ayuda de su compañero, terminando aquella empeñada lucha con un terrible picotazo que destrozó el cráneo del pobre animal perseguido.

Apenas había terminado la lucha, cuando en el vecino bosque se oyeron grandes gritos:

—¡La gacela! ¡Pronto, los galgos!

Al oír estas voces, los jinetes desaparecieron con la velocidad de la flecha detrás del gracioso y tímido animal, que también corría como el rayo.

El normando se levantó en aquel instante.

—Señor barón —dijo—, dentro de poco todos esos jinetes se dispersarán en distintas direcciones, y no sería difícil encontrar al moro solo en medio del bosque. ¡Allá va, mirad! ¡Galopa ya con su halconero hacia aquellas palmeras detrás de una gacela, mientras los demás persiguen a otra!

—¡Sí, ya lo veo —dijo el barón.

—¡Venid, conozco estos lugares!

Saltaron sobre la silla y bajaron la colina por el lado opuesto.

Los gritos de los moros se perdían en lontananza, pero el normando había observado con atención el camino tomado por Zuleik, siguiendo el bosque hasta alcanzar una nueva colina más alta que la primera para poder observar todas las peripecias de la cacería.

Zuleik, siempre seguido por su halconero, galopaba a cuatrocientos pasos de la colina, tratando de cansar a la gacela fugitiva. Los otros jinetes corrían en diversas direcciones, y algunos de ellos habían desaparecido detrás de las matas.

—¡Le encontraremos solo! —dijo el normando—. ¡Esto sí que se llama tener fortuna!

—¡Para mí, Zuleik, y para vos el halconero! —dijo el barón—. A Cabeza de Hierro le tendremos de reserva.

—Vigilaré a los otros —replicó el catalán—. Podemos ser sorprendidos por la espalda. ¿Qué señal debo hacer en ese caso?

—Descargar el arcabuz —respondió el normando—. ¡En marcha, señor barón!

—Volvieron a bajar la colina y se ocultaron entre las palmeras, desde donde oyeron el galopar de los caballos de Zuleik y del halconero.

—¡Preparaos, señor!

El joven tenía ya la cimitarra desnuda en la mano, y un relámpago de ira iluminada sus ojos.

—¿Queréis matarle?

—¡Sí!

—Mejor sería hacerle prisionero. Cuando estuviese en nuestras manos podríamos exigir por su rescate la libertad de la condesa.

—¿Lo creéis así?

—Tratad de desarmarle mientras yo me desembarazo del halconero.

—¡Preferiría matarle!

—Cuando la condesa esté libre. ¡Aquí llega la gacela!

El gracioso animal se lanzaba jadeante en la llanura, con los ojos desmesuradamente abiertos y la piel inundada de sudor. Al notar la presencia de aquellos dos jinetes, se detuvo. Aquel movimiento fue aprovechando por sus perseguidores para destrozarla.

En aquel mismo instante aparecieron Zuleik y su halconero con los caballos blancos de espuma.

Al descubrir al normando y a su compañero firmes delante de él y con la cimitarra en la mano, el moro detuvo su caballo.

—¿Quién sois y qué queréis? —preguntó, arrugando el entrecejo y poniendo la mano en el yatagán que llevaba a la cintura.

El barón se levantó la capucha y dijo:

—¿Me conoces, Zuleik Ben-Abend? ¿Qué es lo que quiero? ¡Tu vida o tu libertad!

El moro permaneció delante de él, mudo de asombro. A pesar del bruñido oscuro de la piel, había reconocido al barón.

—¡Vos! ¡Vos aquí! —exclamó, desnudando rápidamente el yatagán.

—¿No me esperabais?

Si el barón era valeroso, también por las venas del moro corría sangre guerrera.

—¡Ah! ¿Queréis mi vida? —dijo—. ¡A mí, halconero! ¡Acabemos pronto con estos cristianos!

Su compañero era un hombre robusto, digno de medir sus fuerzas con el normando.

Al oír aquella voz se lanzó sobre el barón, pero el normando se apresuró a colocarse enfrente, gritando:

—¡Es conmigo con quien tienes que habértelas!

—¡Huye, Malek! —gritó Zuleik—, y corre a avisar a los nuestros!

Pero era tarde para cumplir aquella orden. El normando se había lanzado sobre él, obligándole a aceptar el combate.

En tanto, Zuleik y el barón se habían acometido con rabia. Ambos eran diestros en el ejercicio de las armas, y descargaban, uno sobre otro, golpes tremendos, haciendo que los caballos se encabritasen para esquivar los tajos.

El moro, más astuto y contando con la segura llegada de sus compañeros cuando notasen su ausencia, trataba de prolongar la lucha el mayor tiempo posible, y esquivaba con habilidad las acometidas de su adversario, obligando a su caballo a huir.

El barón, que no pensaba en los moros, le seguía incautamente, gritando:

—¿Tienes miedo, traidor?

Y redoblaba los ataques y los golpes, alejándose cada vez más del normando, el cual luchaba reciamente con el halconero, que se defendía con valentía.

Mientras tanto, Zuleik no cesaba de retroceder; y para ocultar mejor su intento, cargaba de vez en cuando, aunque retrocediendo enseguida.

—¡Aguarda! —gritaba el barón, exasperado por aquella maniobra—. ¡Si es cierto que corre por tus venas sangre de los califas, atácame, cobarde! ¡Eres un vil y no un guerrero!

—¡Todavía no me has tocado!

—¡Porque huyes!

—¡En el momento oportuno te mataré!

—¡Eres un cobarde, digno de llevar en las manos una tiorba en vez de un yatagán!

Al oír aquel insulto espantoso, el moro lanzó un rugido de fiera, hizo avanzar a su caballo, y descargó sobre el caballero un tajo terrible.

Pero el barón lo paró con rapidez y contestó con una estocada que tiñó ligeramente de sangre la cota de malla de Zuleik.

—¡Tocado! —gritó.

En aquel instante llegaba el moro, retrocediendo siempre, a los límites del bosque, y con una rápida mirada pudo descubrir a un caballero que avanzaba a orillas de la laguna.

Entonces lanzó un grito terrible:

—¡Amigos, a mí!

En el mismo instante, el halconero caía al suelo con el cráneo destrozado por un terrible tajo de cimitarra, mientras en la cumbre de la colina resonaba el estrépito de un arcabuzazo disparado por Cabeza de Hierro.

El normando, que al desembarazarse de su enemigo había perdido de vista al barón, espoleó a su caballo para correr en su ayuda; pero apenas hubo recorrido cincuenta pasos, oyó en torno suyo gritos furiosos.

—¡Barón —gritó—, huid!

Ocho jinetes, entre moros y halconeros, habían aparecido de repente, cortándole el paso.

Aprovechándose de su sorpresa, recogió las bridas, plantó las espuelas en el vientre del caballo y partió al galope, pasando como un huracán por entre los jinetes. Así se lanzó en el bosque, gritando desesperadamente:

—¡Barón, barón!

Pero el joven tenía que habérselas en un momento con cuatro o cinco halconeros que habían acudido a las voces de Zuleik.

Con ímpetu irresistible cayó el normando sobre el grupo y acuchilló a diestro y siniestro; después, cogiendo por las bridas al caballo del barón, le gritó:

—¡Huid, señor! ¡Nos cargan también por la espalda!

Zuleik había reunido a los halconeros, gritándoles a su vez:

—¡A ellos! ¡Cien cequíes al que prenda al joven!

El normando y el barón estaban ya distantes, y galopaban en la llanura, dirigiéndose a la Blidah.

A espaldas suyas galopaban furiosamente moros y halconeros, sin dejar de gritar:

—¡A ellos! ¡fuera los cristianos!

—¡Tratad de mantener los bríos de vuestro caballo! —dijo el normando—. ¡Detrás de nosotros viene una jauría de perros hidrófobos!

—¿Y Cabeza de Hierro?

—¡Que el diablo cargue con él! ¡Nos dio la señal cuando ya estábamos cercados!

—¡Y Zuleik se me ha escapado!

—Os ha engañado con una habilidad satánica.

—¡Es cierto! —replicó el capitán de la Sirena—. ¡Es la tercera vez que se libra de mi espada!

—Por fortuna, nuestros caballos todavía están en disposición de correr.

—¡Ah, si pudiera atravesarle el corazón! ¡Es necesario que muera!

—Especialmente ahora, que sabe que estáis en Argel, no dejará de echarnos encima a todos los esbirros de Culquelubi. Pero si conseguimos huir de nuestros perseguidores, tomaremos el desquite. ¡Cómo galopan esos condenados! ¡Tratan de cazarnos antes de entrar en la ciudad! ¡Hay que huir por el campo hasta que llegue la noche!

—¿Resistirán nuestros caballos?

—No son inferiores a los suyos, y los imitaremos en astucia. Conozco el país y los haremos trotar. Procuraremos por el momento adelantar camino.

CAPÍTULO XVI. La caza del barón

Capitaneados por Zuleik, los moros se habían puesto a la caza y trataban de obligar a los fugitivos a refugiarse en la ciudad para cogerlos entre dos fuegos.

Jinetes admirables todos ellos, devoraban el espacio con fantástica rapidez, excitando a los caballos sin cesar con la voz y con las espuelas y sin detenerse un solo instante delante de los obstáculos que presentaba el camino.

El espectáculo que ofrecía aquel grupo de caballeros con sus flotantes vestiduras centelleantes de oro y plata era verdaderamente espléndido.

Maniobraban con habilidad maravillosa, salvando con inaudita rapidez las riberas, las peñas y las malezas y hasta los troncos de árboles, sin vacilar, sin detenerse, como si sus caballos tuviesen alas.

Pero el normando, que los conocía, imitaba su astucia y su destreza. Seguro de contar con caballos no inferiores a los de sus enemigos, no economizaba espoladas ni voces, procurando especialmente conservar la distancia.

Después de haberse dirigido hacia Argel, se había arrojado repentinamente en medio de un bosque de encinas, descendiendo por de pronto en dirección del este, para volver al sur, donde ya no corría el peligro de ser cogido entre dos fuegos.

Aquella maniobra, realizada a la sombra de los árboles, tuvo éxito feliz.

Los perseguidores, creyendo que habían continuado su fuga en línea recta, proseguían la carrera en esta dirección, y no advirtieron el engaño hasta salir al llano. Pero no por eso se desanimaron; confiando en la resistencia de sus cabalgaduras, retornaron juntamente hacia el sur, rodeando al bosque, y así pudieron descubrir al barón y al normando, que galopaban con el propósito de ganar las colinas que se extendían detrás de Medeah, apoyándose en el Keliff, el río más importante de Argelia.

—¡Nos han visto! —rugió el normando—. ¿Será difícil que nos libremos de esos perros?

—¿Y adónde me conduces? —preguntó el barón.

—Trato de llegar a las montañas. Hay que evitar los poblados.

—Veo unos alminares hacia la izquierda.

—Son los de la mezquita de Medeah. ¡Hay que huir de ese punto!

—¿Y hasta cuándo continuaremos esta carrera endiablada?

—Todo el tiempo que puedan resistirla nuestros caballos.

—¿Resistirán más que los suyos?

—Por ahora no dan señales de fatiga.

—¿Y no volveremos a Argel?

—Trataremos de hacerlo por la noche.

—¿Y el pobre Cabeza de Hierro?

—Ya sabrá ponerse a salvo.

—Estoy seguro que en ese caso galopa hacia Argel para prevenir al mirab.

—Nada puede hacer ahora por nosotros.

—¡Quién sabe!

—¡Demonio! ¡Espolead, señor barón, los moros nos ganan terreno!

En efecto, los moros, furiosos por el engaño, habían lanzado sus caballos al galope para evitar que el normando pudiera lograr su intento de internarse en las montañas.

La región que en aquel momento atravesaban los fugitivos era áspera y salvaje. En lontananza sólo se veían de vez en cuando varios grupos de tiendas que constituyen los aduares de aquel país, habitados por pastores o cabileños nómadas.

En cambio, abundaban por todas partes matas de áloes, de higueras chumbas, de palmeras y de acacias, diseminadas acá y allá en un terreno casi estéril quemado por los rayos del sol.

El normando y el barón continuaban su carrera loca hacia las colinas, cuyos llanos estaban cubiertos de bosquecitos de encinas, y donde confiaban borrar sus huellas.

Pero los pobres caballos comenzaban a dar evidentes muestras de fatiga; poco a poco perdían impetuosidad, y andaban jadeantes, estremeciéndose continuamente con un temblor incesante.

El rostro del marino empezaba a oscurecerse.

—Señor de Santelmo —dijo—, esta carrera ya no puede durar mucho.

Y al decir esto, se volvió sobre la silla para mirar a sus enemigos, que formaban una larga línea en el horizonte, porque la mayor parte de ellos quedaban rezagados. Solamente cinco o seis, capitaneados por Zuleik, se mantenían agrupados, precediendo a los demás.

—Nos veremos obligados a. hacerles frente —dijo el normando.

—¡Mejor!

—Por ahora tratemos de llegar a la cumbre de aquella colina; luego veremos lo que habrá de hacerse.

La subida fue penosa. Sin embargo, no interrumpieron la carrera.

Hacia el mediodía, y con esfuerzo desesperado, alcanzaron la altura, deteniéndose de común acuerdo. Los caballos estaban cubiertos de espuma e inundados de sudor.

—Es necesario un breve reposo —dijo el normando—. Señor barón, tratemos de detener por unos momentos a esos condenados moros.

—Zuleik y sus compañeros estaban cerca, pero se veía que sus caballos tampoco podían andar más.

El normando tomó del arzón su arcabuz, imitándole el barón.

—¡Apuntad a los caballos! —le dijo.

Los seis moros se presentaban de frente y ofrecían un buen blanco. Al ver que los apuntaban, encabritaron a los caballos.

La doble descarga fue seguida de un rugido de furor. Dos caballos habían caído muertos, arrastrando en pos de sí a los jinetes que los montaban. Los otros no se detuvieron, continuaron avanzando.

—¡Pronto, señor! —gritó el normando, saltando sobre los estribos—. ¡No hay tiempo para volver a cargar!

Y salieron a escape por la vertiente opuesta.

A la mitad de ella oyeron un vocerío ensordecedor. Eran los moros, los cuales, con un esfuerzo supremo, habían llegado a la cima, descendiendo como una bandada de cuervos.

El normando se puso pálido.

—¡Nuestros caballos no pueden más! —dijo el barón.

—¡Pues es forzoso que bajen!

—Se nos echarán encima.

—¡Espolead!

—¡Eso hago!

—¡Por Cristo!

—¡Eh!

—¡Por las barbas de Mahoma!

—¿Qué pasa?

—¡Nos cercan!

—¿Quién?

Un inmenso griterío resonó hacia otra parte de la colina, un griterío feroz, como de gentes salvajes.

Un grupo de jinetes con amplias capas blancas y turbantes apareció repentinamente por una garganta de la cumbre. Todos iban armados con lanzas y yataganes.

—¡Los cabileños! —exclamó el normando.

—¿Otros enemigos?

—¡Y feroces! ¡Es necesario que nos separemos! Yo trataré de hacerme seguir por las cabilas[8] hacia el este, y vos intentaréis volveros hacia el sur. Si no muero, nos veremos en Argel. ¡Adiós!

Y el bravo normando, sin aguardar respuesta, se lanzó paralelamente a la colina, tratando de llegar al bosque.

Las cabilas, prevenidas por sus gritos, se lanzaron en pos de él con rugidos espantosos.

El barón permaneció solo, ocultándose en la estrechura, mientras los moros lanzaban gritos de triunfo.

El joven atravesó toda la garganta y desembocó en una llanura.

A espoladas hizo saltar a su caballo tres o cuatro hondonadas, tratando de ocultarse entre la maleza, pero de pronto el pobre animal se detuvo y se dejó caer, lanzando un relincho de agonía.

El barón se puso en pie, teniendo la cimitarra en la mano derecha y una pistola en la izquierda.

—¡Adiós para siempre, Ida! —mumuró.

Dos moros se disponían a embestirle con el yatagán alzado.

El barón, rápido como el relámpago, evitó el golpe y disparó la pistola sobre uno de sus enemigos, precipitándolo de la silla del caballo.

El otro se arrojó sobre el joven, gritando:

—¡Ríndete, o te mato!

—¡Toma, perro infiel! —respondió el barón.

Pero el argelino evitó el golpe, y ágil como una pantera saltó sobre él, estrechándole en sus brazos. Ambos lucharon cuerpo a cuerpo unos momentos, y al fin cayeron en tierra.

8   Cabilas, calibeños: tribu de beduinos o bereberes. N. del E.

En aquel momento llegaban Zuleik y sus compañeros.

Uno de ellos saltó a tierra y levantó el yatagán sobre la cabeza del barón. Un grito de Zuleik le contuvo.

—¡Que nadie le toque! ¡Ese cristiano me pertenece!

Por fin pudieron sujetar al barón.

El desgraciado había lanzado un rugido de furor, gritando:

—¡Malditos infieles!

Después, volviéndose a Zuleik, le dijo:

—¡Toma mi vida, esclavo!

—Un descendiente de los califas mata en el combate, pero nada más.

—¿Generoso tú? —exclamó el barón con ironía.

—¿Por qué respetas a ese perro? —preguntó uno de los moros, dirigiéndose a Zuleik.

—Este hombre me pertenece y nadie tiene derecho sobre él. Luego, volviéndose hacia el caballero, le dijo:

—Señor de Santelmo, me daréis vuestra palabra de honor de no intentar huir, por lo menos hasta que lleguemos a Argel.

—Me haréis empalar, ¿no es eso?

—No he dicho semejante cosa.

—Tenéis mi palabra.

—Montad y seguidme.

Le dieron el caballo que había pertenecido al moro muerto. Subían en silencio la colina. Ya no se veía a los cabileños ni al normando, ni se oía tampoco el griterío de aquellas gentes.

—¿Quién estaba con vos? —preguntó Zulcik.

—No puedo decíroslo.

—¿Un cristiano?

—¿Qué os importa?

—Podría tratar de salvarle.

—¿Para perderle más tarde?

—Como gustéis.

Bajaron la vertiente, y después de dar Zuleik algunas órdenes a sus gentes, prosiguieron la marcha.

El prisionero se mantenía silencioso y miraba a todas partes para ver si descubría a Cabeza de Hierro, pero aun estaba mucho más inquieto por el normando, que para salvarle de las garras de sus perseguidores no había vacilado en atraer sobre sí a todos los cabileños.

Absorto en sus pensamientos, ni siquiera advirtió que se acercaban en dirección a Argel, cuyos alminares aparecían ya muy distintamente.

—¿Adónde me conducís? —preguntó a Zuleik—. ¿Al palacio de Culquelubi quizá?

El moro hizo un gesto negativo con la cabeza.

—¿Al presidio?

—A mi casa.

—¿Para hacerme empalar por vuestros esclavos?

—No soy verdugo.

—En suma, ¿qué pretendéis de mí?

—Os lo diré más tarde.

Continuaron su camino y descendieron hacia la parte central de la ciudad.

De pronto el barón se estremeció y apenas pudo contener un grito. Dos negros de estatura colosal acababan de incorporarse al grupo.

Eran los mismos que le habían prestado ayuda en su lucha con los beduinos.

—¿Velarán por mí? —se decía.

En aquel momento, Zuleik, después de atravesar una plaza espaciosa, se detenía delante de un palacio monumental del más puro estilo morisco, ante cuya puerta estaban de centinela cuatro negros armados de alabardas.

CAPÍTULO XVII. Los misterios del palacio de Ben-Abend

La amplitud y la riqueza de aquel palacio daban una idea exacta del poder y del puesto elevadísimo que ocupaba el antiguo esclavo de la condesa de Santafiora.

Como todas las moradas moriscas, era de forma cuadrada, sin ventanas externas, y estaba circundado por espléndidas galerías de piedra blanca con columnatas ligeras y arcadas dentadas; tenía terrazas sombreadas por palmeras, y en los cuatro ángulos, alminares de cúpulas doradas.

Una amplia puerta morisca conducía al patio interior, todo pavimentado de mosaicos verdes y cubierto de ricos tapices de Rabat resplandecientes de oro y plata. En el centro, una hermosa fuente de tres surtidores mantenía una deliciosa frescura.

Negros vestidos con ricos trajes, esclavos blancos y guardias armados con yatagán paseaban bajo los pórticos, mientras en las terrazas resonaban tamboriles y tiorbas y rumores de voces argentinas.

Zuleik entregó su caballo a un escudero y después dijo al barón, que miraba, atónito, tantas maravillas:

—Bajad, caballero. Estáis en mi casa.

El prisionero obedeció sin decir una palabra.

Zuleik despidió con un gesto a los servidores que habían formado su escolta, y entró en una sala baja que recibía la luz por algunas claraboyas resguardadas por cortinas de seda para atenuar los rayos del sol.

Alrededor de ella se veían ligeros muebles de ébano cubiertos de telas espléndidas. Grandes espejos de Venecia adornaban las paredes, alternando con hermosos tapices de Persia, de Marruecos y de Esmirna.

Después de haber cerrado la puerta, Zuleik se había detenido delante del barón, y le dijo a quemarropa:

—En vuestras manos está vuestra suerte, es decir, la vida o la muerte. Ahora elegid.

—Espero que os expliquéis —replicó el capitán, un poco sorprendido por aquel exordio.

—¿Qué habéis venido a hacer aquí, en la roca del Islam?

—Vos lo sabéis sin necesidad de que yo os lo diga.

—¿Buscar a la mujer a quien quien amo?

—Vengo a buscar a mi prometida, a la dama que habéis robado después de cometer una infame traición —respondió el caballero.

—¿Con que tanto la amáis?

—¡Más que vos!

—¡No! —dijo el moro con vehemencia salvaje—. ¡Ningún ser humano puede haber amado a esa mujer como yo la amo! Si las miradas de esa muchacha no me hubiesen fascinado, ¿creéis que habría permanecido tres largos años en la esclavitud, tocando la tiorba como un miserable juglar?

El barón permaneció silencioso.

—Diez veces las naves enviadas por mi padre, que anhelaba verme y que ha muerto de dolor por mi ausencia, se habrían apoderado secretamente del castillo para conducirme a mi palacio, y diez veces yo, Zuleik, he renunciado a la libertad para permanecer esclavo cerca de esa mujer, que para mí lo representaba todo: patria, libertad, honores y vida.

El barón seguía silencioso.

—Otro hubiera huido; otro hubiese despedazado sin vacilar sus cadenas; yo permanecí esclavo, por el temor de no ver más a aquella muchacha, sin la cual la vida me parecía abominable.

—¡Y a esa mujer la habéis robado! —dijo, por fin, el caballero con voz ronca.

—Los cristianos me habían robado a mí —replicó Zuleik—. Por otra parte, vos hubierais hecho lo mismo al saber que la mujer amada iba a ser esposa de otro.

—¿Os dijeron que yo volvía al castillo?

—Me lo dijeron, y por eso precipité los acontecimientos. Todo estaba dispuesto por nuestra parte para sacarme de la esclavitud; ya hacía más de un mes que las galeras navegaban por alta mar en espera de mis órdenes y que yo cambiase señales con la falúa.

—¿Quién os había advertido que mi barco se encontraba en las costas de Cerdeña?

—Un pescador.

—Y llegasteis a creer que la condesa consentiría en ser vuestra esposa?

—La habría obligado a serlo.

—¿La mujer de un infiel?

—¿Y si yo hubiese renegado de la religión de mis padres? Por ella me sentía capaz de todo.

El barón le miró con espanto.

—¿Vos, un descendiente de los califas? —exclamó.

—¡Lo haría sin vacilar!

—Por fortuna, esa mujer no será nunca vuestra.

Un relámpago de ira brilló en los ojos del moro.

—¿Quién se atreverá a disputármela?

—¡Yo!

—¡Me parece que olvidáis que estamos en Argel? —replicó Zuleik con ironía—. Y hasta parece que habéis olvidado también que sois un cristiano, y que ahora mismo podría arrojaros en manos de un verdugo, que no respetaría vuestra vida. ¿Dónde estaría entonces mi rival?

El barón experimentó un estremecimiento.

—¿Seríais capaz de hacer eso? —murmuró.

—Y más todavía —añadió Zuleik—. Cuando se encuentra un obstáculo que se opone a la felicidad, se le suprime.

—¿Qué queréis hacer de mí, puesto que ahora constituyo yo ese obstáculo?

—De vos depende salvar la vida o perderla.

—No os comprendo —dijo el barón.

—En vuestro país las mujeres no faltan. Sois joven y poderoso, y el porvenir es vuestro. ¿Por qué morir cuando la vida es hermosa? Si queréis, esta noche una falúa os llevará a Italia.

—¡Partir! —exclamó el barón—. ¡Renunciar a Ida!

—¿Preferís morir? Pues una sola palabra dicha a Culquelubi basta para eso. Elegid, pues, señor de Santelmo.

Al pronunciar estas palabras, el rostro del moro había cambiado. En sus negros ojos brillaba un relámpago siniestro.

En la sala reinó por algunos instantes un profundo silencio, interrumpido solamente por el rumor del hilo de agua al quebrarse en su recipiente de alabastro.

El barón miraba a Zuleik con abatimiento, con los ojos dilatados, sin respirar.

—¡Partir! —repitió—. ¡Partir sin ella! ¡No, eso nunca! ¡Prefiero la muerte!

El moro no contestó, pero poco a poco el relámpago de ira que iluminaba sus ojos y la salvaje expresión de su rostro se desvanecían.

—¿No queréis partir? Pensad que es la vida lo que os ofrezco.

—¿Qué sería la vida para mí sin la mujer a quien amo?

Zuleik hizo un gesto de impaciencia.

—Por salvarla de la esclavitud que la amenazaba no he vacilado en abandonar mi galera para venir aquí, a país enemigo, pronto a desafiar la muerte y los más atroces tormentos. El sacrificio de mi vida estaba hecho. ¿La queréis? Pues bien, tomadla.

Pero partir sin ella, ¡eso jamás! Cuando sepa que me habéis matado, os odiará más. ¡Esa será mi venganza!

—¿De modo que preferís morir?

—Asesinadme, si así os place. Un Santelmo mira a la muerte sin palidecer.

—Os concedo un plazo de tres días para decidir. Quería salvaros, y vos os oponéis a ello. ¡Que se cumpla vuestro destino!

—¡A ese precio, la vida me sería insoportable! —replicó el barón.

Zuleik abrió la puerta y llamó.

Aparecieron dos hombres de aspecto feroz, armados con cimitarras.

—Conduciréis a este hombre a la sala de la fuente azul. Dentro de tres días volveremos a vernos. La noche es buena consejera. Durante este tiempo mi falúa estará dispuesta para conduciros a Italia.

—Gracias —respondió el caballero—, pero el plazo es inútil. Aunque yo muera, otros libertarán a la condesa de Santafiora.

—¿En quién confiáis? —preguntó Zuleik, haciendo señas a los dos guardias para que salieran.

—En amigos fieles que lo intentarán todo para libertad de la esclavitud a la condesa.

—¿Renegados o fregatarios?

—Lo sabréis cuando los tengáis frente a frente —respondió el barón.

Una viva curiosidad se pintaba en el rostro del moro.

—¿Acaso contáis con el hombre que os acompañaba?

—Y con otros más poderosos.

—¡Conoceré los nombres de vuestros cómplices!

—¿De qué modo?

—¡Los arrancaré de vuestros labios!

—¡Lo veremos!

—¡Dentro de tres días!

Los dos guardianes, que habían vuelto a entrar, cogieron por los brazos al caballero, que se dejó llevar sin oponer resistencia.

Al salir lanzó una mirada en torno suyo. Apoyados en la balaustrada de la fuente había visto dos negros que hablaban en voz baja.

Eran los mismos que le habían seguido con tanta obstinación después de su encuentro con la dama misteriosa. ¿Cómo se encontraban allí? El hecho le pareció muy extraño, y no acertaba a explicarse su presencia en aquel sitio. Al verle pasar le dirigieron una sonrisa.

Sus guardianes le hicieron subir por una escalera de mármol que conducía a los pisos superiores. Después, le llevaron a través de varios corredores iluminados por estrechas ventanas moriscas, hasta que le hicieron entrar en una vasta sala que recibía la luz por una sola claraboya situada en medio del techo.

También aquella sala era riquísima y elegante. En el centro, una pequeña fuente murmuraba, lanzando un surtidor en un recipiente de porcelana azul.

Apenas introducido en la estancia, los dos guardias se habían retirado, dejándole solo.

El barón se dejó caer en un diván, con visibles muestras de cansancio.

Entonces, que no tenía delante a Zuleik, todas sus energías parecían haberle abandonado.

Mucho rato permaneció inmóvil, sumergido en sus dolorosos pensamientos, y acabó por recostarse en el diván.

La noche ya había caído, cuando una voz dulce, casi trémula, resonó en la sala y le sacó bruscamente de sus tristes meditaciones:

—¡Pobre joven!

Estas palabras, pronunciadas en lengua italiana y que parecían salir de labios de una mujer, habían llegado perceptiblemente a sus oídos.

Se había incorporado, mirando en torno suyo con el mayor estupor. ¿Quién había pronunciado aquella frase? Estaba seguro de no haberse engañado, porque ni siquiera había cerrado los ojos.

Un rayo de luna que entraba por la abertura de la bóveda iluminaba un ángulo de la estancia, pero todo lo demás estaba sumergido en la mayor oscuridad, y no le permitía distinguir las paredes de aquella suntuosa prisión.

Estuvo durante algunos momentos escuchando y, por último, se convenció de que había sido víctima de alguna alucinación de los sentidos.

—¡Sí, me habré engañado! —dijo—. Y además, ¿quién podría compadecer a un cristiano?

Pero apenas había murmurado estas palabras, cuando un perfume delicioso, como de ámbar, se esparció por la sala.

El barón se puso en pie, presa de una viva emoción, porque aquel perfume le recordaba el billete llevado por los negros después de la muerte del beduino.

—Dónde estoy?—se preguntó—. ¿Será ésta la morada de aquella dama misteriosa que me hacía seguir por dos negros? ¡Pero no, estoy loco! ¡Este es el palacio de Zuleik!

Se había acercado a la fuente, que continuaba susurrando. A pesar suyo se sentía invadir por un supersticioso terror. Hasta le pasó por la cabeza la idea de que Zuleik había elegido aquel perfume para asfixiarle.

—¡Todo es posible con tales enemigos! —dijo.

Y no le faltaba razón para expresarse así, porque el perfume aumentaba, y se sentía dominado poco a poco por una somnolencia irresistible. Ya no era el ámbar sólo, alguna otra esencia debía de haberse unido a él, más penetrante, más intensa.

El barón sentía la cabeza más pesada a cada instante. No pudiendo mantenerse en pie, se acostó en el diván, que todavía vislumbraba en la penumbra.

—¡Me matarán! —pensó, estremeciéndose de angustia.

En vano trató de luchar contra aquel aniquilamiento de su ser. Le acometió un sopor irresistible y, no obstante, sus ojos permanecían abiertos, fijos sobre el haz de luz de la luna, que descendía de la bóveda, haciendo centellear el mosaico del pavimento.

De pronto, en medio de aquel rayo azulado, vio aparecer una forma humana. Trató de levantarse, pero le fue imposible. Y, sin embargo, aun estaba despierto, porque veía y oía.

Aquella forma humana permaneció inmóvil durante un momento, irradiando en torno suyo un centelleo vivísimo, como si el blanco velo que la envolvía estuviese sembrado de perlas y de diamantes. Luego, aquella sombra se acercó al diván, se inclinó sobre el barón y murmuró a su oído:

—¡Pobre joven!

El barón trató de alzar los brazos para coger a aquella misteriosa criatura, pero sus fuerzas le abandonaron por completo y sus párpados se cerraron pesadamente, como si fueran de plomo.

Dormía, mientras sólo el dulce murmullo del agua interrumpía el silencio que reinaba en la sala.

CAPÍTULO XVIII. Una lucha de titanes

Un altercado que parecía haber surgido en la habitación próxima a la que le servía de prisión le despertó al día siguiente.

Se oían voces roncas de negros y berberiscos, entre frases pronunciadas por otra voz en italiano y en español, y gritos agudos mezclados con amenazas que parecían no tener fin.

—¿Adelante, perro cristiano!

—¡El perro lo serás tú, cara de mono!

—¡Sal de aquí, o te molemos a palos!

—¡Sois unos canallas, y yo soy un caballero! ¡Si tuviese aquí mi maza!

—¡Ea, largo!

—¡Quiero ver a mi amo!

—¡Ah! ¿Luego confiesas que eres cristiano?

—¡De ningún modo! ¡Soy partidario de Mahoma!

—¡Si no sabes una palabra de árabe!

El barón, aunque aturdido todavía por el efecto del perfume, se había acercado a la puerta, porque acababa de conocer aquella voz.

—¡Cabeza de Hierro! —dijo, palideciendo—. ¡Ese estúpido se ha dejado prender!

La puerta se abrió en aquel momento, y el infortunado catalán, de un empellón, había ido rodando como una bola.

—¡Granujas! —exclamó, furibundo, el pobre hombre.

—¡Cabeza de Hierro! —dijo el barón, poniéndose delante de él.

—¡Por San Jaime bendito! ¡Mi amo! —exclamó el catalán, levantándose del suelo con una rapidez inverosímil en aquel volumen—. ¡Vos, señor barón!

—¿Invocando a los santos pretender pasar por un buen musulmán? —replicó el barón, que no pudo contener una sonrisa.

—¿Vos? ¿Sois vos? ¡Decidme que no sueño!

—¡Pues sería preferible que soñases! ¡Estamos en las manos de Zuleik!

—Ya lo sé. Él fue quien me reconoció. ¡Maldito moro!

—¿Y cómo te dejaste prender? ¡Te creía a salvo!

—¡Ay, señor barón: no tenemos suerte en esta condenada tierra! ¡Si tuviera mi maza!

—¿Y qué hiciste del arcabuz?

—¿Creéis que no me he defendido? No sé el número de halconeros que ya había derribado...

—¿Son los halconeros los que te han apresado?

—Sí, señor barón. Al veros descubierto permanecí escondido en la cumbre de la colina, pensando que os sería más útil libre que prisionero.

—La prudencia nunca es demasiada —dijo irónicamente el barón.

—Os había visto retornar entre Zuleik y los moros, pero no me atreví a presentarme. Por otra parte, nada habría podido hacer solo.

—Lo creo.

—Hacia la noche, creyendo que todos se habían alejado, dejé el escondite para volver a Argel y advertir la desgracia a los marineros de la falúa, cuando cayeron inopinadamente sobre mí los halconeros de Zuleik, que también volvían hacia la ciudad, llevando un muerto.

—¡Y te prendieron!

—No sin una empeñada lucha. Me defendí como un león, todavía más: como un tigre.

—¡Deja las fieras a un lado!

—¿No creéis lo que digo? ¡Un Barbosa!...

—Acaba.

—Me descargaron sobre el cráneo un culatazo terrible. Si mi cabeza no fuese de hierro, a estas horas no viviría. En vano grité que era un buen musulmán, un adorador de Mahoma, aquellos miserables no quisieron darme crédito, y me condujeron a este palacio, donde me presentaron a Zuleik.

—¿Te reconoció?

—En seguida, aunque quise dar a mi rostro una expresión feroz.

—¿Y del normando, has sabido algo?

—¿No está aquí? —exclamó Cabeza de Hierro.

—No, se escapó corriendo, llevando detrás un pelotón de cabileños.

—Entonces le habrán matado.

Eso es lo que ignoro.

—¿Y qué van a hacer con nosotros?

—No hay que desesperar, aquí hay alguien que nos protege.

—¿Quién es?

—No sé quién es, pero sospecho que pueda ser la dueña de aquellos negros. ¡Juraría haberla visto anoche!

—¿Dónde?

—¡Aquí!

—¡Oh!

—Estaba a punto de dormirme, aturdido por no sé qué perfume, cuando se me apareció en ese ángulo.

—¿Y qué os dijo?

—Se me acercó diciendo: «¡Pobre joven!»

—¿No lo habréis soñado, señor barón?

—No, tenía los ojos abiertos y sentí su aliento en mi rostro.
—¿Era hermosa?
—No lo sé, porque estaba envuelta en un velo blanco.
—Acaso fuese un fantasma.
—Te digo que era de carne y hueso.
—¿Y no la agarrasteis?
—No podía moverme.
—¿Y luego?
—Ya no recuerdo más.
—¿Estará esta habitación poblada de fantasmas? —dijo Cabeza de Hierro, lanzando en torno suyo una mirada de terror.
—¡Bah!
—¿Y de la condesa, no sabéis nada? ¿No os dijo algo Zuleik?

Al oír estas preguntas, una profunda tristeza se difundió por el rostro del barón.

—¡No me hables de ella! ¡Temo que esté perdida para mí!
—Pero, ¿y el normando?
—¿Quién me garantiza que aun está vivo?
—¿Y el jefe de los derviches?
—Nadie le habrá informado de nuestra captura.
—¿Dónde acabaremos, pues?

El barón no contestó, se había dejado caer de nuevo en el diván.

—¡Pobres de nosotros! —suspiró el buen catalán.

Y al ver que el barón permanecía silencioso, se sentó a su lado, forjando en su imaginación los más absurdos proyectos para salvar la piel.

Así transcurrió media hora, cuando les pareció oír en el patio del palacio ruido de caballos, gritos amenazadores y como rumor de lucha.

—Señor —exclamó Cabeza de Hierro, ¿qué es lo que sucede? ¡Cualquiera diría que combaten!

En aquel momento se oyeron disparos de arcabuz que hicieron temblar los vidrios de la bóveda.

—¿Quién puede asaltar la morada de Zuleik, de un príncipe? —dijo el barón.

—Acaso sea el normando, que viene a libertarnos a la cabeza de sus marineros.

—¡Es imposible! ¡Tomar un palacio por asalto en el centro de Argel! ¿Quién intentaría semejante locura?

De pronto palideció. En el patio se oían gritos furiosos:

—¡El cristiano! ¡Queremos al cristiano! ¡Así lo manda Culquelubi!

—¡Alguien me ha delatado —exclamó el barón—, y vienen a arrestarnos!

—¿Quién? —dijo, temblando el catalán.

—¡Los soldados de Culquelubi!

—¿De la Pantera de Argel? ¡Misericordia! ¡Todo ha concluido para nosotros! ¡El delator es Zuleik!

—¡Calla! No. Zuleik no puede haber hecho eso, puesto que sus siervos oponen resistencia. Deben de haber sido los moros que le acompañaban.

El griterío y el estrépito se acercaban. De cuando en cuando se oía algún disparo de arcabuz.

El barón escuchaba, mientras el catalán repetía:

—¡Somos muertos! ¡Muertos somos!

Algunas personas subían por la escalera de caracol, gritando siempre:

—¡El cristiano!

El barón había arrojado en torno suyo una mirada buscando un arma para hacerse matar antes de caer vivo en las garras de la Pantera de Argel, cuya ferocidad era notoria en toda Europa.

—¡Nada! —exclamó—. ¡A mí, Cabeza de Hierro! ¡Atranquemos la puerta!

Apenas había dicho esto, cuando la puerta fue derribada bajo un choque irresistible, y un torrente de genízaros inundó la sala.

—¡Aquí está! —gritaron—. ¡Ah, y aun hay otro! ¡Doble presa!

Los genízaros se disponían a precipitarse sobre los prisioneros, cuando una voz imperiosa gritó:

—¡Deteneos! ¡No se viola el asilo de una descendiente de los califas!

Una mujer de extraordinaria belleza había entrado repentinamente en la sala por una puerta secreta, y se puso delante del barón. Cuatro negros de estatura colosal, armados con pesadas mazas de acero, la acompañaban, llevando además dos enormes mastines.

El barón no pudo contener un grito de estupor. En aquella mujer había reconocido a la dama que encontraron cerca de la mezquita.

Aquella mora, que era el tipo perfecto de las mujeres de su raza, no tenía más de veinte años. De estatura más bien elevada y de rostro encantador, vestía con elegancia el mismo traje árabe que llevaba el día en que el barón la vio por primera vez. Pero, como no llevaba velo ni turbante, podían verse sus ojos negrísimos, sombreados por largas pestañas, y su opulenta cabellera, recogida en gruesas trenzas y en parte realzada sobre la frente, donde estaba sostenida por dos peinetas de oro.

—¡Amina! ¡La visión de ayer noche! —murmuró el barón.

La joven dama había contenido a los genízaros con un gesto imperioso.

—¿Qué hacéis aquí? ¿Es que ya no se respeta en Argel a las princesas moras? ¡Salid!

Entre los genízaros hubo un momento de vacilación. La belleza, la audacia de aquella mujer y, sobre todo, la alta posición que ocupaba, causaron un profundo efecto hasta en aquellos feroces soldados, acostumbrados a seguir ciegamente las órdenes del terrible capitán general de las galeras argelinas.

Pero aquella vacilación no debía durar mucho. El oficial que mandaba a los genízaros avanzó unos pasos, diciendo con voz resuelta.

—Yo debo obedecer las órdenes del general. Estos dos hombres son cristianos y hasta fregatarios, y debo conducirlos a su presencia.

—¡Mientes como un cabileño! —dijo la dama—. ¡Estos hombres son musulmanes!

—¡Pues que lo prueben delante de Culquelubi!

—Y no es esto todo —continuó la princesa—. Estos hombres me pertenecen, y, cristianos o musulmanes, no saldrán del palacio del príncipe Ben-Abend. ¡Que llamen a mi hermano!

—Ha partido esta mañana, señora —dijo un criado—, y no sabemos adónde ha ido.

—Pues, entonces, en su ausencia mando yo, y os ordeno que salgáis de mi palacio y que digáis a Culquelubi que una princesa de Ben-Abend no cede a sus caprichos. ¿Me habéis oído? ¡Idos, pues!

—Señora —respondió el oficial—, nadie ha osado resistir las órdenes del general.

—¡Seré yo la primera!

—¿Queréis obligarme a emplear las armas? Vuestros criados han tratado ya de resistir, y algunos han pagado con la vida tal audacia.

—¡Amenazas a mí! —gritó la dama.

—Os digo que he recibido la orden, y que la cumpliré.

—¡Pues intentad prenderme!

—¡Genízaros, preparad las armas!

La princesa se puso pálida, más de indignación que de temor.

El barón, que hasta aquel momento había permanecido silencioso, admirando la audacia de aquella mujer, comprendiendo que iba a sobrevenir un combate espantoso, adelantó unos pasos y dijo:

—Señora, yo no entiendo el árabe; pero me parece que esos hombres me buscan.

Los ojos negrísimos de la mora se fijaron en el joven.

—Sí —dijo en italiano—, es a vos a quien buscan; pero yo no cederé a las órdenes de Culquelubi. Dos caballos y una escolta están dispuestos para haceros huir, y yo os protegeré.

—Soy cristiano, señora.

—Lo sé.

—Protegiéndome os comprometeríais.

—¡Yo! —dijo la dama, encogiéndose de hombros con la mayor indiferencia.

—Dejad que me prendan, señora. Veo que preparan las armas, y podría sucederos una desgracia.

—¡Ahora veréis cómo trato yo a esa canalla!

Y señalando al oficial la puerta, repitió con suprema energía:

—¡Sal de aquí, y esta noche presentaré yo misma mis quejas al bey!

—Cumplo órdenes de mi jefe. ¡Genízaros, apoderaos de los cristianos!

Los soldados se disponían a obedecer, cuando los cuatro negros se pusieron delante de la princesa, desatando al propio tiempo a los dos perros.

Los dos enormes canes se precipitaron sobre los genízaros, ladrando furiosamente. Parecían dos tigres sedientos de sangre.

El oficial, a quien uno de los perros había agarrado por la garganta, lanzaba gritos de dolor.

Los cuatro gigantes se precipitaron sobre los genízaros. Del primer empuje, cuatro soldados caían con el cráneo destrozado.

Viendo en el suelo una cimitarra, el barón se lanzó sobre ella para tomar parte en la lucha; pero la dama le detuvo, diciéndole:

—Dejad a mi gente, y aprovechad la ocasión para huir.

—¿Y vos?

—¡No temáis nada. Culquelubi no se atreverá conmigo!

Le cogió de la mano, y casi a la fuerza le empujó hacia la puerta secreta, mientras los cuatro gigantes y los mastines seguían haciendo estragos terribles entre los genízaros, ensangrentando los tapices y hasta las aguas de la fuentecita azul.

Cabeza de Hierro, que asistía aterrado al espectáculo de aquel horrible combate, viendo huir a su amo, se apresuró a seguirle, muy feliz por poder escapar.

La dama condujo al caballero a lo largo de un estrecho corredor que parecía abierto en las propias paredes del palacio, y le hizo descender por una escalerilla de caracol. Luego abrió una puerta.

Entonces se encontraron en un amplio jardín sombreado por hermosas palmeras.

Cuatro caballos árabes de formas espléndidas piafaban delante de la puerta, conducidos por dos negros que no cedían en musculatura a los que hacían frente a los genízaros.

—Seguidlos, mi gentil caballero —dijo la dama—, os conducirán a lugar seguro.

—¡Señora...!

—¡Silencio! ¡Partid!

Con un gesto imperioso les indicó los caballos. Los dos negros estaban ya sobre la silla, después de haber montado a Cabeza de Hierro, pues el pobre catalán parecía tener las piernas paralizadas.

—¡Gracias, señora! —dijo el barón.

La princesa le hizo con la mano una señal de despedida, y desapareció por el corredor, cerrando la puerta.

—¡Seguidnos! —dijeron los moros, espoleando.

Los cuatro jinetes partieron como el viento. En un instante atravesaron el jardín y salieron a una ancha vía festoneada de jardines.

—Señor —exclamó Cabeza de Hierro, que se mantenía agarrado desesperadamente sobre la silla—, ¿adónde vamos?

—No lo sé. Confórmate con estar vivo todavía.

—¿Son asesinos estos negros?

—No, toda vez que auxilian nuestra fuga.

—¿Y por qué esa señora, sabiendo que somos cristianos, nos ha defendido en vez de dejarnos arrestados?

—No lo sé.

—¿Acaso esté enamorada de vos?

—Preferiría que no lo estuviese.

—Decid mejor que eso sería una fortuna, y una prueba de ello acabamos de tenerla ahora. Sin esos negros, los genízaros nos hubieran apresado.

El barón le lanzó una mirada colérica.

—¿Y la condesa? —dijo—. ¿Te has olvidado de ella, maese Cabeza de Hierro?

—¡Pobre señora! ¿Qué será de su vida?

—¡Calla! —dijo el barón—. ¡No abras la herida que me ha destrozado el corazón!

El catalán bajó la cabeza sin chistar; pero en su interior bendecía la intervención de aquella dama mora que le había librado de una muerte segura.

Los cuatro caballos devoraban el camino en galope vertiginoso. Ya habían salido de la ciudad por la puerta de Oriente, y corrían por un sendero abierto entre malezas formadas por gigantescas chumberas y por enormes matas de áloes.

¿Adónde se dirigían los dos negros? Por un momento, el barón tuvo el pensamiento de que acaso le llevarían al mar para embarcarle a viva fuerza y conducirle a Italia o a Malta, pero bien pronto se convenció de lo contrario.

Después de correr algunas millas, los dos negros habían vuelto la espalda a la playa y se encaminaron hacia un bosque de palmeras, en medio de las cuales se erguía una torre que no era el alminar de una mezquita.

—¿Adónde vamos? —preguntó.

—Seguid todavía unos cuantos pasos, caballero —respondió uno de los dos negros en detestable italiano—. Nosotros cumplimos las órdenes del ama.

Atravesaron el bosque sin contener la velocísima carrera de los corceles, y llegaron a la base de una pequeña colina, sobre la cual se alzaba una especie de castillo morisco con amplias terrazas, dilatadas galerías de mármol blanco circundadas de columnatas y una torre pentagonal defendida por recias almenas.

—¿Qué sitio es éste? —preguntó el barón, conteniendo el caballo.

—El castillo de Sidi-Aman —respondió el negro.

—¿A quién pertenece?

—A nuestra dueña.

—¿Y nos lleváis a él?

—Esa orden tenemos, caballero.

—Hubiera deseado no salir de Argel.

—Obedeced, señor, si es que no preferís caer en las manos de Culquelubi, de las cuales no saldríais vivo después de lo que ha ocurrido.

—¡Vamos en seguida —replicó Cabeza de Hierro, que, habiendo oído hablar de Culquelubi, sintió correr por la médula de sus huesos un frío glacial—. ¡Mejor estaríamos entre las garras de una pantera!

Los caballos subieron al trote un sendero que serpenteaba por la colina, y se detuvieron delante del puente levadizo, el cual fue echado por la guardia del portón a un silbido de ambos negros.

—Estáis en sitio seguro —dijo el guía que hablaba el italiano, volviéndose hacia el barón—. Desafío a Culquelubi a que venga ahora a buscaros.

Entraron en la poterna, descendieron del caballo, haciendo una indicación al barón y a Cabeza de Hierro para que los imitasen, y después de conducirlos al piso superior por una amplia escalera de mármol, los introdujeron en una sala, diciéndoles:

—¡Estáis en vuestra casa!

CAPÍTULO XIX. La princesa mora

Como todos los salones de los palacios moriscos, también aquel donde habían entrado los viajeros era amplio, tenía pavimento de mosaico, divanes que le circundaban, una techumbre en forma de cúpula y estrechas ventanas resguardadas por cortinas de damasco rojo, adornado con estrías doradas del más delicado gusto.

En medio de la estancia estaba dispuesta una mesa con vajilla de plata cincelada, copas de lapislázuli de mil reflejos y frascos de cristal dorado al estilo morisco.

—Señor barón —dijo Cabeza de Hierro, que se había cuadrado delante de la mesa, mirando con ojos estremecidos, especialmente a los frascos—, ¿hemos entrado en algún palacio de Las mil y una noches? No falta en él más que el hada para ser completo. ¡Qué prodigioso es todo esto! ¡Huir de las garras de Culquelubi para caer delante de esta mesa! ¡Se diría que estoy soñando! ¡Oh, qué excelente señora! ¡Ha adivinado que estábamos sin comer hace veinticuatro horas!

—¿Es decir que te encuentras a las mil maravillas.

—¡Pardiez! ¡Muy descontentadizo sería para no estarlo, señor barón!

—¿Y si todo esto concluye mal?

—El mal por ahora no aparece, después veremos.

Dos muchachos habían entrado en aquel momento, cargados con bandejas de plata y seguidos por cuatro domésticos, que en otros recipientes llevaban enormes pedazos de cordero asado, pollos y peces nadando en ricas salsas.

—¡Cuando el señor barón guste —dijo Cabeza de Hierro, que había recobrado el buen humor—, la mesa está servida!

El joven caballero, que desde el día anterior no había probado bocado, y que, como todos los de su edad, tenía buen apetito, no se hizo rogar.

Por otra parte, la comida era excelente, aun cuando las salsas despidieran un extraño perfume. Los cocineros del castillo habían realizado maravillas, especialmente en los pasteles y dulces, de los que moros y moras gustan mucho.

Contrariamente al uso de los berberiscos, a los cuales les está prohibido por el Corán el empleo del vino y de toda bebida fermentada, Cabeza de Hierro había encontrado en los frascos vinos exquisitos de Italia y de España, que el catalán no cesaba de elogiar y, sobre todo, de echarse al coleto.

Habían ya saboreado el café, cuando les fue presentada en una vasija de oro cierta pasta dulce, blanda, de color violeta, que exhalaba un penetrante perfume a nuez moscada y a clavo.

—¿Qué es esto? —preguntó Cabeza de Hierro al negro que les había llevado tan extraño manjar, y que era uno de sus compañeros de viaje.

—Madjum —respondió el negro, sonriendo.

—Sigo en la duda de antes. ¿Y vos, señor barón?

—Tampoco sé lo que es, pero me parece apetitoso.

—¿Y si estuviera envenenado?

—Lo propio habrían podido hacer con ese pollo que te has comido.

—¡Es cierto! ¡Soy un imbécil!

—Este dulce lo envía mi ama —dijo el negro—, y os ruega que lo aceptéis.

—¿Y quién es tu ama? —preguntó el barón.

—No lo sé, caballero.

—¡He aquí una respuesta que parece una burla! —dijo Cabeza de Hierro, que continuaba trincando alegremente—. ¿Quieres decirnos quién es tu ama y por qué se interesa tanto por nosotros, que no somos musulmanes?

—No me permito indagar los secretos de la señora —respondió el negro.

—Pero me dirás al menos por qué anteanoche, cuando nos asaltaron los beduinos, acudisteis en defensa nuestra.

—Tampoco lo sé, señor barón.

—¿De modo que no podremos saber quién es esa dama? —preguntó Cabeza de Hierro.

—Es una princesa mora —respondió el negro.

—Señor barón, no sacaremos nada de este salvaje —dijo Cabeza de Hierro en catalán—. No obstante, tendría curiosidad por saber cómo se encontraba en casa de Zuleik esa princesa.

—Eso mismo me pregunto yo.

—Acaso sea parienta de ese maldecido moro.

—No lo creo.

—En fin, algún día lo sabremos.

—Así lo espero.

—¡Cuernos de Lucifer!

—¿Qué tienes?

—¡Se diría que mi cabeza da vueltas como una peonza! ¡Maldita pasta!

—A mí me acomete una torpeza invencible —respondió el barón, cuyos párpados se entornaban.

—Negro —rugió Cabeza de Hierro, mirándole de alto a bajo—, ¿con qué nos has envenenado?

El esclavo lo contempló sonriendo; después pronunció esta sola palabra:

—¡Hachís!

—¡Hachís! —repitió el barón.

Cabeza de Hierro se había desplomado ya sobre el sillón, y roncaba sonoramente. El barón, cuyos ojos vagaban por el espacio, también estaba a punto de entregarse al sueño, mientras el negro le miraba sonriendo.

El madjum surtía sus efectos sobre ambos. Aquella pasta dulce, de que tan golosas se muestran todas las poblaciones del África septentrional, los había aletargado de golpe, haciéndoles caer de improviso en el mundo de los sueños, como sucede a los fumadores de opio del Celeste Imperio.

Aquel narcótico misterioso y legendario, que se compone, como todo el mundo sabe, de manteca, miel, nuez moscada, clavo y kif, con hojas de una especie de cáñamo, tiene un poder embriagador, al cual ningún ser humano resiste.

La sola palabra de hachís, estridente y melodiosa, provoca en los berberiscos y negros orientales visiones extrañas y desconocidas. No es el opio brutal y nauseabundo, pero, no obstante, produce, como él, sueños extraordinarios. Sin embargo, es más fino, más aristocrático, si vale emplear esta palabra.

Ante la fantasía avivada por el madjum desfilan la Arabia cándida y perfumada, los misterios del Asia menor, la sagrada y monstruosa India, con sus bayaderas centelleantes de oro y de diamantes de Golconda y Visapur, con sus desiertos inmensos, interrumpidos por bosques de palmeras regadas por fuentes murmuradoras; paisajes extraños y desconocidos donde alternan soles brillantes o tinieblas profundas, y donde, entre bocanadas de perfumes eróticos, aparecen y desaparecen las huríes del paraíso de Mahoma.

Narcótico poderoso que ni los edictos del rey ni de los sultanes pueden desterrar de los países orientales, los cuales todavía hoy se entregan con voluptuosidad a este veneno sutil, que acabará poco a poco por embrutecerlos y envilecerlos, colocándolos a la par de los fumadores de opio.

El barón, recostado a medias sobre el amplio sillón de brazos, estaba ya completamente dormido bajo la mirada del negro.

Mientras Cabeza de Hierro, inteligencia limitada y poco o nada imaginativa, sólo veía ante sus ojos frascos enormes llenos de vino de Alicante y de Jerez y pipas monumentales coronadas por colosales cabezas de turco, donde ardían esclavos cristianos, el joven caballero, dotado de una fantasía más cultivada, que podía competir con la de los orientales, y de un temperamento más exquisito, experimentaba emociones bien diversas.

Delante de sus ojos vidriados e inmóviles, que había conservado abiertos como si estuviera sumido en una especie de sueño cataléptico, veía desfilar en vertiginoso torbellino galeras con las velas de oro y los mástiles de plata, empujadas sobre mares de leche por un viento huracanado; palacios encantados con cúpulas centelleantes y blandamente asentados sobre lagos cubiertos de anchas hojas de loto; maravillosos jardines, donde en medio del césped y de rosas que exhalaban penetrantes perfumes, espléndidas huríes de sonrisa lasciva danzaban rápidamente, invitándole a imitarlas, mientras orquestas misteriosas y divinas acariciaban sus oídos con armonías nunca oídas.

Luego la escena cambiaba. A estas visiones sucedían mares recónditos cubiertos de galeras que combatían entre sí con inusitada furia, y le parecía escuchar el estampido del cañón y los lamentos de los heridos o el grito de la victoria; puestas doradas de sol; bosques de palmeras gigantes; llanuras dilatadas, donde los jinetes berberiscos se entregaban a maniobras extrañas, con los blancos alquiceles revoloteando sobre su espalda y la luciente cimitarra desnuda, y seguidos por un guerrero montado sobre un caballo más blanco que la nieve, que hendía al espacio con extraordinaria velocidad, y que se asemejaba a Zuleik. Luego, un caos de divanes orientales, de colgaduras, de espejos, en medio de los cuales, y entre el humo de los pebeteros, jugueteaba una espléndida mora que le miraba sonriendo y le invitaba a seguirla. La dama mora, de un instante a otro, se transformaba en una doncella vestida de seda azul: la condesa de Santafiora, pálida, diáfana, llorosa, con largos cabellos negros esparcidos sobre los hombros, y que le tendía los brazos con un gesto de infinita desesperación.

Pero la dama mora reaparecía obstinadamente. La veía surgir de las ondas del mar, juguetear sobre la cima de las palmeras, volver sobre las explanadas y los estanques, sobre la proa de los navíos combatientes, sobre la arena de los desiertos, sobre las cúpulas doradas, entre los torbellinos del humo, en las rojas puestas de sol y en la noche iluminada por los rayos de la luna. Le miraba siempre con aquellos ojazos negros y profundos que parecían penetrarle hasta el fondo del alma; le hacía, además, que la siguiera por los lagos y los bosques; le invitaba a sumergirse con ella en el agua cristalina de los estanques, y sonreía, sonreía...

De pronto se sintió caer de una altura espantosa en una maravillosa sala que antes no había visto; una sala digna de los palacios encantados de Las mil y una noches.

Era de estilo morisco, amplísima, y reinaba en ella una penumbra deliciosa; esa penumbra que tanto agrada en los países quemados por el sol, donde el viento enfurecido del desierto seca las fauces con arena finísima que todo lo invade y todo lo domina.

La luz descendía en aquella sala por la cúpula de vidrios pintados de rojo, refractándose en mil colores sobre las paredes, adornadas con objetos de cerámica morisca, revestidas de blanco y azul, cuyos resplandores marmóreos daban una sensación de viva frescura sobre los maravillosos tapices, suaves y blandos, que cubrían el pavimento.

Todo estaba circundado por un diván ancho y bajo de seda carmesí, que parecía invitar al reposo al propio tiempo que despertaba la fantasía. En los ángulos de la sala, algunos grupos de palmas salían de tiestos de ónice de inmenso valor, y en otros sitios se vislumbraban armarios árabes, al través de cuyos estantes, de finísimas maderas primorosamente labradas, se distinguían joyeros de madreperlas, collares de oro, brazaletes de coral y vasos de lapislázuli, llenos quizá de los dulces perfumes de las célebres rosas de Bagdad.

En medio de la habitación, apoyada en un trípode de oro, sobre el cual quemaba sándalo, una mujer maravillosamente hermosa, toda cubierta de joyas, con los brazos desnudos y engalanados con pulseras de oro, le miraba con ojos cariñosos, murmurando dulcemente:

—Pobre joven!

El barón se puso en pie. El efecto del hachís había cesado, el éxtasis estaba concluido y, sin embargo, ¡cosa extraña!, el sueño continuaba todavía.

Veía la cúpula con vidrios de colores, los maravillosos tapices, los amplios divanes de seda, los armarios, el trípode sobre los cuales flotaba una neblina de humo oloroso, y la joven que le miraba siempre; no era ya el día, sino la noche, y la sala estaba iluminada por una gran lámpara de Venecia con luz rosada, suspendida encima de una mesa cubierta de bandejas de oro que centelleaban como soles, de ánforas, de dulces, de canastillas repletas de las más ricas frutas.

Se restregó fuertemente los ojos, dudando todavía si estaba despierto. Pues bien: no dormía ni soñaba.

El joven miró a su alrededor. No era aquél el sillón de damasco donde se hallaba antes.

—¿Dónde estoy? —preguntó—. ¡Cabeza de Hierro!

Una carcajada sonora había brotado de los labios de la joven, que estaba apoyada en el borde de una fuente de mármol.

El barón respondió con una exclamación de asombro; en aquella joven acababa de reconocer a la princesa mora que pocas horas antes le había salvado de los genízaros de Culquelubi.

—¿No es, pues, una ilusión? —exclamó, apoyando los brazos en el respaldo del sillón.

Sus ojos se fijaron involuntariamente en un gran espejo de Venecia que estaba enfrente de él, y que reflejaba la luz de la lámpara.

Y otra exclamación de asombro salió de su pecho. El tinte oscuro con que el viejo mirab había teñido su rostro ya no existía.

Pero aun no era esto todo. Sus vestidos, desgarrados por la lucha sostenida contra los moros, habían sido reemplazados por otros durante su sueño. Una soberbia casaca de seda negra bordada de oro, con botones de esmeralda, que dejaba ver la blanca camisa de seda que rodeaba su cuerpo; unos calzones de brocado con nudos de seda roja se ajustaban a sus piernas, y tenía los pies calzados con botas de cuero rojo, como usaban entonces los árabes ricos. Por último, una faja de terciopelo le rodeaba el pecho, cayendo por un lado formando artístico lazo.

—¿Os sorprende esto, señor barón? —dijo la dama, sonriendo alegremente.

—Todavía me pregunto, señora, si estoy bajo la influencia del hachís o si me han transportado a la mansión de las hadas.

—Estáis en mi castillo, señor barón —respondió la princesa—. Únicamente que durante el sueño habéis sido conducido a otra estancia. ¿Acaso os disgusta?

—No, señora, pero no veo a mi criado.

—No os inquietéis por él.

La princesa se acercó al trípode, reanimó la llama azul con una nueva dosis de perfume, y, aproximándose al barón, dejó caer en tierra el manto esplendoroso que la cubría.

Entonces se mostró en toda la belleza de su riquísimo traje moro; con el rico corsé de terciopelo bordado de plata; con sus amplios calzones anudados en el nacimiento del pie con broches de oro; con sus ricas babuchas azules, maravillosamente recamadas, y pequeñas como dos pétalos de lirio.

El caballero había permanecido como maravillado, pero, reponiéndose, retrocedió algunos pasos. La princesa, para quien no había pasado inadvertido aquel ademán, arrugó ligeramente la frente, aunque se serenó pronto.

—Señor barón —dijo con amable sonrisa—, espero que no os neguéis a cenar en mi compañía. Habéis dormido diez horas, y el sol se ha puesto ya.

—No puedo rehusar nada a la dama a quien debo la libertad y quizá la vida —respondió el caballero, inclinándose profundamente.

—¿Nada? ¡Bah! ¡Prometéis demasiado, señor de Santelmo! —replicó ella.

—¿Santelmo habéis dicho?

—¿No es ese vuestro nombre?

—¿Cómo sabéis que me llamo Santelmo?

—El cómo poco importa.

—¿Me permitís una pregunta?

—Cuantas gustéis; pero antes sentaos a la mesa y haced honor a la cena. ¿Qué os sucede, barón? Me parece turbado. ¿Será el efecto de estos perfumes a los que no se acostumbran los europeos?

—No, señora.

—No será, seguramente, el temor de encontraros en este castillo entre musulmanes. Un hombre que con una galera combate contra cuatro no puede tener miedo.

—¿Quién os ha dicho eso?

—¿Os asombra?

—Mucho.

—¡Bah! —replicó la princesa, sonriendo—. Sé eso y otras muchas cosas más. Extraña conducta la vuestra al salir de Italia para correr mil peligros en este país de fanáticos. ¡Italia! ¡Ah; cuánto la he amado yo, y con cuánto placer volvería a ella! Todavía me parece que veo como al través de una neblina azul sus opulentas ciudades contemplándose en las aguas del Mediterráneo y del Tirreno; sus volcanes relampagueantes de nubes de oro; sus islas verdeantes en derredor de Sicilia como ramos de flores abandonadas en las ondas por las manos de alguna hada; las mil columnas y las cúpulas de Venecia; su cielo azul, que no tiene rival en el mundo; sus auroras llenas de encanto y de poesía, y sus puestas de sol, llenas de infinita tristeza y de dulce melancolía. ¡Ah, Italia, Italia, cuánto te echo de menos!

Un profundo suspiro había levantado el seno de la hermosa dama.

—Pero, ¿quién sois? —exclamó el barón.

—Una princesa mora; ya lo sabéis.

—¿Y habéis estado en Italia?

—Sí, en mi niñez, en compañía de mi padre, cuando mi hermano...

Se detuvo bruscamente y alargó al barón un plato de dulces. Luego llenó dos tazas de plata, admirablemente cinceladas, con un licor de color de ámbar, diciendo:

—¡A la salud de vuestra hermosa Italia, señor barón!

Mojó sus rosados labios en el rubio licor y, tras algunos instantes de silencio, añadió con cierta tristeza:

—Si mi padre no me hubiera sacrificado en plena juventud, cuando apenas había dejado de ser niña, a un hombre que no me amaba y que por su ferocidad era semejante a Culquelubi, hubiera deseado concluir mis días en una de vuestras bellas ciudades y no volver a ver más esta Argelia, donde, en vez del perfume del azahar, no se respira otra cosa que el aire impregnado de sangre y de barbarie.

—¿Qué le ha ocurrido al hombre a quien vuestro padre os dio por esposa?

—Murió en el mar en una de sus correrías contra las infortunadas playas italianas.

Dejó pasar algunos instantes de silencio, y después, mirando al barón, le dijo a quemarropa:

—¿Qué misión traéis a Argelia, señor barón?

—Os lo diré cuando hayáis respondido a una pregunta más.

—¡Ah, es cierto! ¿Queréis pedirme alguna cosa? ¡Comed, señor barón, hablaremos igualmente!

—¿Sois vos la dama que en una ocasión encontré cerca de la mezquita y que dejó caer el velo?

—Era yo.

—¿Por qué dejasteis caer el velo?

—Para veros mejor.

—¿Acaso me asemejo a alguno?

La princesa le miró fijamente, como si hubiese tratado de leer el pensamiento del barón.

—Sí —dijo por fin, ahogando un suspiro—. Era hermoso y valiente como vos, tenía los cabellos rubios como vos. ¡Dulce sueño desvanecido entre las nieblas de vuestro hermoso país! Había creído ver en vos...

—¿A quién?

—¿Por qué despertar una pasión ya apagada? ¡Ah, yo le vi caer a mis pies, todavía hermoso después de la muerte, con sus rubios cabellos salpicados de sangre.

—¿Quién era, señora?

—¿Qué os importa saberlo? —dijo la princesa, arrugando su hermosa frente—. Os asemejáis a él; era italiano como vos. ¡He aquí todo!

Se pasó la mano por los ojos, como si quisiera arrancar de ellos una dolorosa visión, y cuando la retiró, el caballero vio que estaban húmedos.

—Cuando os vi —continuó la princesa con voz lenta y triste— creí verle a él. En aquel momento en que estuvisteis a punto de precipitaros sobre mis esclavos, teníais en los ojos el mismo relámpago de cólera. ¡Ojalá no os hubiera visto nunca! Y, no obstante, en aquel momento llegué a creer que podía resucitar los muertos.

Volvió a coger la taza y bebió con rapidez.

—Yo soy quien os hizo seguir —añadió poco después—. Habíais despertado en mi corazón los pensamientos más extraños, que en vano procuraba vencer. Yo quisiera saber qué viento infernal os ha arrojado sobre estas playas. ¡Tened cuidado! ¡Argelia es peligrosa, como son peligrosas sus mujeres!

—¿No sabéis el motivo?

—No.

—Y, sin embargo, habitáis el palacio de Zuleik.

—¿Qué quiere decir eso?

—Zuleik hubiera podido decíroslo.

—Zuleik Ben-Abend está demasiado triste estos días para preocuparse de mí. Todavía no me ha dicho el motivo por el cual os ha arrestado y conducido a su palacio. Ahora sólo piensa en la cristiana.

El barón se había puesto densamente pálido.

—¿La condesa de Santafiora? —preguntó con voz ahogada.

—Así creo que se llama. Una dama bellísima, según dicen, y que por eso mismo no será para Zuleik. Es posible que a estas horas se encuentre ya en el harén del bey.

El barón no pudo contener un rugido de desesperación.

La princesa se había levantado, dando un salto de pantera. Un relámpago súbito iluminó sus ojos, que en aquel momento perdieron su dulce expresión.

—¿Qué habéis venido a hacer en Argelia? —preguntó con voz irritada.

El barón, vuelto en sí por aquel imperioso cambio de voz, que sonaba áspera e imperiosa, fijó los ojos en la mora, en cuyo interior debía de haberse desencadenado la tempestad más violenta. Por un momento le asaltó la idea de engañarla, pero rechazó, desde luego, desdeñosamente este pensamiento.

—Señora —dijo con resolución—, he venido aquí con el propósito de salvar a una mujer, mejor dicho, a una niña a quien di mi corazón.

—¿Una niña? —exclamó la princesa, palideciendo a su vez—. ¿Quién es?

—¿Qué os importa saberlo?

—¡Vos me lo diréis! —gritó la mora balbuciente y con llamas en los ojos.

—¡No lo diré nunca! —respondió el barón con voz resuelta—. ¡Leo en vuestros ojos una amenaza! Como caballero, acabo de deciros el motivo de mi viaje a Argel, pero no añadiré una palabra más.

—¿Y si yo os ordenase que me dijeseis el nombre de esa mujer?

—Me negaría.

—¿Y si os lo rogase?

—Todavía me vería en el caso de negarme.

—¿Y cuál es el motivo de semejante obstinación? —preguntó la dama, con los labios contraídos por la cólera.

—El temor de que esa mujer pudiese correr algún peligro.

—¡Tenéis razón! ¡Aquí las rivales se matan!

—¿Rivales? —replicó el barón, atónito—. Yo soy cristiano, y vuestra religión os impide amarme.

—¿Lo creéis así?

—El Corán os lo prohíbe.

Una sonrisa irónica se dibujó en los labios de la mora. Después se acercó al barón y, mirándole fijamente, le dijo.

—¡Todavía no conocéis a las mujeres de Argel! ¡Yo os juro que tendré la sangre de esa cristiana y que vos me diréis su nombre! ¡Ah —dijo, cambiando de tono—. ¿Has osado rechazar una súplica de Amina? ¡Cuidado, cristiano, Argelia te será fatal!

Dicho esto, tomó un martillo de plata y golpeó con él un disco metálico que estaba en la pared, debajo del espejo de Venecia.

Aun no se había extinguido la vibración del metal, y ya dos negros hercúleos se encontraban en la sala.

—¡Apoderaos de ese esclavo cristiano! —dijo la mora con voz terrible— y llevadle a la torre en unión de su compañero!

—Señora —dijo el barón—, soy un caballero, no un esclavo.

—¡Obedeced! —rugió la dama, viendo vacilar a los negros.

Después, mirando al joven con ojos llenos de odio, añadió:

—¡Te acordarás de Amina!

En seguida, apoderándose de un vaso de cristal, lo estrelló con furia sobre los mosaicos, diciendo:

—¡Así haré con la cristiana cuando la tenga en mi poder! ¡Culquelubi la encontrará!

FIN

La aventura continúa en: ***EL FILTRO DE LOS CALIFAS***.

Printed in Great Britain
by Amazon